Chara

検事が堕ちた恋の罠を立件する

キャラ文庫

この作品はフィクションです。
実在の人物・団体・事件などにはいっさい関係ありません。

目次

検事が堕ちた恋の罠を立件する

口絵・本文イラスト／水名瀬雅良

1

生まれながらにして、多くを手にしている者はいる。平等なんてこの世のどこにもなく、生まれた瞬間からすでに違うスタート地点に立っているのだ。

桐谷敦哉《きりたにあつや》は、それを目の当たりにしながら、向かい合って座っている検察官と被疑者を横から眺められるように位置する自分の机で、供述内容をパソコンに入力していた。

取り調べの邪魔にならないよう、また検察官が自分のペースで取り調べができるよう、細心の注意を払いながら調書を打ち込んでいく。必要があれば発言することもあるが、有能な検察官の能力を十二分に発揮させることを優先させるよう心がけている。

そうやって自分の仕事を淡々とこなしながらも、時々視線を上げて二人の様子を観察していた。

「じゃあ、その日はアパートで彼女とテレビを観ていたということで、間違いないですね」

「ああ。そうだよ。何度も言わせんな」

「テレビの内容は覚えてます?」

「『お笑い玉手箱』だよ。三時間スペシャルがあっただろ」

「面白かったです？」

「は？」

「だから、面白かったかなと思って」

これが取り調べなのかと思うほど、友好的な態度で被疑者に問いかけているのは、検察官の杉原亮《すぎはらりょう》。三十六歳。

長身でスーツの似合うバランスの取れた肉体。栗色の髪と日本人離れした鼻梁《びりょう》。睫《まつげ》の長い二重で、少し垂れ目気味で優しげな印象を見る者に与える。英国紳士のような上品な雰囲気があり、街を歩けば女性の視線を集めること間違いなしだ。

何をするにも優雅で、紳士的な態度と育ちのよさそうな雰囲気を持っている。声も柔らかで聞いていて心地好く、厳しく取り調べるような仕事に向いているとは言えなかった。むしろ、ハンデとなるだろう。

それらの印象から杉原を舐《な》めてかかる被疑者も多いが、この部屋を出る頃には青ざめていることも少なくない。これから変わりゆく被疑者の態度を目の当たりにすることは、容易に想像できた。

「実は、僕もお笑いは好きなんですよ。『ナターシャ山田《やまだ》と調子《ちょうし》ノリ子』の警官コントが大好きで。出てました？」

「はっ、あんたみたいなのがお笑い好きってか？　無理に俺と話を合わせようとしなくてもいいよ、お坊ちゃん」

「いえ、そういうわけでは……」

「出てたよ、調子ノリ子。俺が本当に観たか確認してるんだろ？」

被疑者は、杉原を小馬鹿にしたように嗤《わら》った。何度も捕まっているチンピラで、前科も多く、取り調べなど手慣れたといった印象だ。明らかに育ちのいい世間知らずと、舐めてかかっている。

「そっか。出てたんですね。見逃しましたよ。ところで、あなたのおっしゃる女性は、松下美《まつしたよし》子《こ》さんで間違いないですね？」

「そうだって言っただろうが。いつもはあの時間に仕事に行ってるけど、その日は丁度休みだったんだよ。あとでわかったんだけどな。だから冤罪《えんざい》だよ、冤罪」

「そうですか。いつもは仕事の時間なんですね」

「ああ。店のママもそう言ってただろ？」

送検されてきた時、被疑者にアリバイはなかった。二ヶ月前ともなると、本人もよく覚えておらず、アリバイを立証できる人間を見つけられないまま積み重ねた物証で送検されたというのが弁護士の主張だ。だが、この男の犯行だというのは、証拠が物語っている。起訴を阻《はば》むのは、あとから出てきた同棲《どうせい》中の彼女の証言とその勤務先であるスナックの不確かな勤務記録だけだ。個人経営の勤務表など、ママの気持ち一つで改ざんできる。

「だけど、今頃よく思い出しましたね」

「普通はな、二ヶ月も前のことを事細かに覚えてねぇし。だけど、こっちも無実の罪を被せられたら困るんで必死だよ」

「でも、テレビの内容はよく覚えておられるようで」

杉原が鋭く指摘するが、被疑者は慌てない。

「ふん、一度思い出しちまえば、数珠繋《じゅずつな》ぎに記憶ってもんは出てくるんだよ。あんた、そんくらいもわかんねぇのか？」

「確かにそうですね」

勝ち誇ったように笑う被疑者は、完全に杉原を侮っていた。娑婆《しゃば》と刑務所を何度も行き来しているような五十過ぎの男の目には、杉原などヒヨッコに見えるだろう。

だが、そこが男の甘いところだ。

「実は、その女性が他の男性と一緒だったという情報を耳にしたんですが」

「は？　まさか……あいつは俺と一緒だったんだぞ？　何ハッタリかましてんだ？」

「そうですよねぇ。相手は三十代ですし、年齢差もありますしね」

男の顔色が、微《かす》かに変わった。

「とても熱心に彼女のお店に通っているそうで、帰りにSMクラブで一緒にお愉しみになっていたと聞いてるんですけど、ご存じですか？　『あぶらいか』というクラブで、恋人や夫婦で行って愉しむこともできるそうですよ」

「し、知るかそんな店」

「結構そっち方面では有名な店だそうですよ。二人でご来店なさって、それはもうすごい盛り上がり方だったそうで」

「まさか……あいつがそんなとこ行くわけがねぇ」

　笑顔が引きつっていくのが、桐谷にもよくわかった。明らかに、動揺している。

「大人ですからどんなプレイをされてもいいですけど、メニューを見るとすごいのが揃っていて、驚きました。ああいう世界はあまりよく知らないものだから」

「あ、ああいうのは、えげつねぇほうが、いいんだろ。非日常ってやつで」

「オイルとイカを使うらしいですよ。吸盤もついてるし、形状も男性器に似てないこともないし、マニアックなプレイですよね。ねぇ、桐谷。お前はイカ使ったことある？」

　急に話を振られ、桐谷は眉間《みけん》に皺《しわ》を寄せながら冷たく言った。

「あるわけないでしょう」

　ちょっとした雑談を交えるのも取り調べを円滑に進めるために必要なことだが、こういう時に限って利用するのは、やめて欲しい。しかも、半分は個人的興味だ。

　だが、そんな話をするだけの余裕があるということでもある。その証拠に、黙り込んだ男の表情がさらに変化していた。怒りを押し殺しているようだ。

「そのカップルの方が選んだのが、スペシャルコースらしいんですけど、どんなことするんですかね」

「スペシャル……？」

「五時間コースってすごいですよね。男性が格闘技経験者だと、体力があるからプレイ時間も長くなるんでしょうね。僕も躰《からだ》鍛えようかな」

その言葉を聞いて、被疑者がキレた。

「んだとぉ！　あの野郎、また俺の女に手ぇ出しやがって！」

立ち上がり、すごい形相で杉原につめ寄ろうとする。腰紐《こしひも》で椅子《いす》と繋がっているうえに手錠もかけられているため問題はないが、それでもかなりの迫力だ。

「何を怒ってるんです？　その日はあなたと彼女は一緒にいたんですよね？」

「うるせぇ！　馬鹿にしやがって！　本当はわかってて俺をおちょくってんだろ？　俺が奴らにコケにされてんのを、楽しんでやがるな！」

「別に楽しんでなんか……」

「相手は誰なんだよっ！」

「総合格闘技やってる人ですよ。プロだったかな？」

浮気相手の名前は決して口にしないが、それが被疑者をより苛《いら》つかせているのは明らかだった。垂れ目がちの王子様は、したたかで、型破りで、常識外れで戦略家だ。単に無鉄砲ではなく、きっちりとした戦略を元に行っているからこそ、結果が出る。
まさに曲者《くせもの》。
育ちのよさそうな顔をしていながら、掃きだめにいるような男と対等に渡り合えるのだから
すごい。いや、対等ではなく、明らかに圧倒している。
「あンの野郎、ぶっ殺してやる！　あいつだろ？　池上《いけがみ》だろ！　文無しのあいつを可愛がって
やったってのに、あの恩知らずが！」
「さぁ、あなたと一緒にいたのなら、違う人ですし、あなたに名前を教える必要は……」
「一緒じゃなかったよ！　その日あいつは仕事だったんだ。それが、男と一緒だと？　何が仕
事だ、俺を騙《だま》しやがって。いいから名前を言え！　池上なんだろ！　池上一磨《かずま》だろ？」
顔を真っ赤にして執拗《しつよう》に男の名前を聞き出そうとする被疑者を見上げたあと、杉原は手元の
書類をパラパラとめくった。そして「あ」と小さく声をあげる。
「ごめんなさい。間違えました。別の被疑者の方の書類が混ざってまして、浮気しているのは
そちらの彼女のほうで、あなたの彼女ではなかったです」
「はぁ!?」
被疑者の声は裏返っていた。そうなるのも、無理はない。
「だから、体格のいい三十代半ばの男性と『あぶらいか』というSMクラブに行ったのは、別
の被疑者のアリバイ証人で、あなたとはまったく無関係の女性です。ごめんなさい。総合格闘

技も間違いで、相撲《すもう》でした」

いけしゃあしゃあと言ってのける杉原に、被疑者はハトが豆鉄砲を喰《く》らったような顔をしていた。状況が上手く把握できず、口を開けたまま固まっている。

「どちらにしろ、アリバイは不成立ってことで、もう少し具体的に話を聞きましょうか」

「だ、騙しやがったな！」

「そんな、人聞きの悪い。ちょっと間違っただけですよ。それに、あなたがご自分でおっしゃったんですよ？　その日は一緒じゃなかったと」

「……う……っ」

ぐうの音も出ないとは、まさにこのことだ。

この顚末《てんまつ》を、桐谷は当然だとばかりに冷静に見ていた。

実は、二人で関係者に話を聞く過程で、アリバイ作りに協力した彼女が別の男と浮気をしていた事実が判明した。それは被疑者もうすうす勘づいていたようで、長年疑念を抱いていたのもわかっている。女がアリバイ作りのために嘘の証言をしたのは、自分の過ちを水に流してもらおうとしてのことだろう。ママと従業員一人のスナックのシフトは、誤魔化しが利く。

杉原は、そこに目をつけた。

浮気の前科のある女が罪を償うために男のアリバイを証言したと判断し、男の短気な性格と長年抱いていた疑念を上手く利用した。しかも、別の事件の参考人で相撲をやっている男と浮気をしている女性からの証言を書いたファイルも用意するという徹底ぶりだった。

杉原は、誤った資料をもとに取り調べを開始しただけだ。偶然、被疑者の状況と一致したため、男が自白した。

ただの偶然。ただの幸運ということになる。

「ま。ゆっくりやりましょう」

にっこりと笑う杉原を見て、被疑者は自分が舐めてかかったことを後悔したようだ。そして、あまりに馬鹿馬鹿しい罠《わな》にあっさり引っかかったため、反論する気も失せたらしい。

「あーそうだよ、俺がやったんだよ。くそっ、詐欺じゃねぇか。ざけんなよ」

ブツブツ言いながらも、男は観念したように椅子に座る。

それ以降は、素直だった。即日起訴となるだろう。一度諦《あきら》めると、あとは早い。

これが、見た目に反してしたたかな杉原の仕事ぶりだった。


東京《とうきょう》地方検察庁捜査部。

警察官に逮捕され、送検されてきた被疑者を取り調べて起訴するかどうかを判断するための公的機関だ。桐谷は、検察官の補佐をする検察事務官としてそこで働いている。今年で二十九になる桐谷は、この東京地検でも一目置かれている杉原と組んでいる。

癖のない黒髪と切れ長の奥二重。その口から発せられる言葉はいつも短く、切って捨てるようなものいいそのままに、口許はキリリと結ばれている。愛想がないと言われるのはいつものことで、否定するつもりは少しもない。まさにそのとおりだと、自覚している。

桐原が感情を表に出さないのはもともとの性格もあるが、それに拍車をかけているのには理由があった。

男しか愛せない。

それに気づいたのは、中学の頃だった。担任の男性教師に生徒が抱く以上の気持ちを自分の中に見つけたのがきっかけだ。他人には言えない秘密をひた隠しにしようとするあまり、自分の気持ちも隠してしまう。

本当の自分を知られるのが、恐いのだ。

「あ～、よかった。被疑者が素直に吐いてくれたから、思ったより早く終わったね」

「白々しいです」

「でも結果オーライだと思わない？」

「あんな引っかけ……いつからペテン師になったんですか」

「そんな堅いこと言うなって」

杉原は、一度腕を軽く伸ばしてから手首を自分に寄せ、腕時計で時間を確認した。スーツを着た男なら誰もがするこういったさりげない仕草も、杉原がやるとサマになる。検察官としての仕事ぶりを見せつけられたあとだけに、それはより魅力的に見えた。

「もうこんな時間か。お昼食べに行こうか。どこがいい？」

当然二人で行くという態度に、思わず複雑な視線を向ける。

もちろん不満はないし、むしろ誘ってくれるのは嬉《うれ》しいが、それを顔に出してしまいそうで、ますますガードを固めてしまう。しかも、自分のように愛想のない人間と食事をしても楽しくないだろうと思えてならないのだ。だからと言って楽しく会話を弾ませる術《すべ》は持ち合わせておらず、コミュニケーションを取ろうとする杉原の苦労を思い、ただただ申し訳なくなる。

「何？　俺と一緒にご飯食べるの不満？」

「いいえ。当然のようになってるから、連れションみたいで」

「だって、俺と行かないとお前絶対一人で食べるだろ？」

「悪いんですか？」

「社交的じゃないからなぁ、お前は。放っておくと独りぼっちになるんじゃないかって、心配してるんだよ」

目を細めて言う杉原に、頬が熱くなる。

（そういうことを、サラッと言わないでください）

心の声は、言葉にはしなかった。

声に出せば、たちまち動揺まで表に出してしまう。そして、平常心を保っていられなくなる。気持ちを見抜かれてしまう。同僚たちからは『鉄の仮面』と言われるほど感情を表に出さない桐谷だが、心の中は違った。いつも、杉原の言葉に掻《か》き乱されてしまう。

杉原に特別な想いを抱くようになって、どのくらい経っただろうか。

「何が『独りぼっち』ですか。子供じゃあるまいし、飯を一人で食べるくらいなんです」

「もー、またそういう言い方をする。いいからほら、行くぞ」

促され、検察執務室を出ると杉原と並んで歩いた。寒いが、外はいい天気だ。

「お前ってさ、ほんといつも『俺は一人でいいです』って感じだよね」

「なんですか急に」

「誤解されやすいタイプなんだよなー。誤解されても言い訳しないし。ほら、前にあっただろ。頼んでた資料が当日になって揃わなかったこと。本当は事前にちゃんと揃えてたのに、南《みなみ》検事に持ってかれたんだったよな」

確かに、そんなことはあった。

同じ捜査部に所属する南検事の必要としていた資料が、たまたま自分が取り寄せる資料の一部と被っていたため、事務官に資料を貸して欲しいと頼まれていた。二つ返事で了承したのだが、資料の到着を急いでいた南検事が、すでに帰宅していた桐谷に確認を取るよう自分の事務

官に頼んだ。そして、彼からの電話を受けた桐谷は、机の上に置
いと言ったのだ。
　自分が必要なぶんだけ、という意味だったのだが、封筒に入ったものすべてと
務官が封筒ごと持って行ってしまい、翌日出勤した時に慌てたのだった。
　ちゃんと伝えていなかった自分にも責任はあると思い言い訳はせず、杉原には資料が間に合わなかったことだけを伝えた。あとになってそれを知った南検事が杉原に謝罪したため、発覚したというわけだ。

「ちゃんと言えばよかったのに」

「資料を揃えられなかったのは、事実ですから」

「そういう潔さは好きだけどね。でも、黙ってると損するよ？　俺は好きだけどね」

「二回も言わなくていいです」

　杉原の言う『好き』が愛でないことはわかっているが、いい声をしているだけに、この声で言われるとむず痒《がゆ》く、心が落ちつかない。どうしてこんな厄介な相手を好きになってしまったんだ……、と不毛な恋をする自分を持て余さずにはいられない。

「ね、お昼ここでいい？」

「ええ」

　杉原が向かったのは、二人がよく通っている食堂だった。路地の奥にあり、知らないとなか

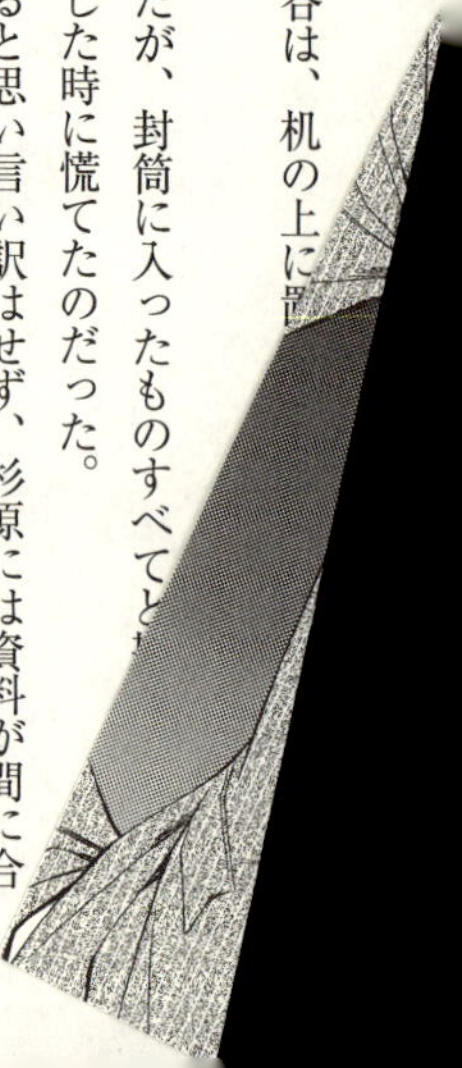

なか足を運ばないような場所にある。昼時は二種類の日替わり定食のみしか提供しないが、美味しいと評判で常連が多く、この辺りで働くサラリーマンでいつも店は賑《にぎ》わっていた。

「こんにちは～」

「あら～、いらっしゃい！　空いてるとこに座って！」

食堂の暖簾《のれん》を潜ると、愛嬌《あいきょう》のある中年女性が満面の笑みで迎えた。空いている席に座ると、彼女は水の入ったコップを持ってやってくる。

「相変わらずお店忙しそうですね」

「貧乏暇なしよ～。お客さんが次々だからずっと立ちっぱなしで、座る暇もないんだから」

「料理が美味しいからですよ。それにほら、看板娘が美人だから」

「やだよ、看板娘だって！　口が上手なんだから～。小鉢一品サービスしたげる。愛想の悪いお兄ちゃんも、ついでにつけたげるから心配しなくていいよ！」

「よかったね、桐谷。俺に感謝しろよ」

第一印象は遠くから見て憧れるのがせいぜいというような杉原だが、実際は気さくで、誰にでもよく話しかける。一度口を開くとその社交的な態度が女性の心を摑《つか》むようで、特に中年女性には大人気だ。この界隈《かいわい》の食堂では、よくサービスしてもらう。

二人が別々の日替わり定食を注文すると、彼女はご機嫌な様子で厨房へ戻っていった。

その様子を見ていた桐谷は、杉原と目が合うなりすぐに逸らした。相手は、有能な検察官だ。

気を緩めると、この気持ちに気づかれてしまう。

「何？」

「相変わらず、熟女にモテモテですね」

「桐谷もイイ男だよ」

「取ってつけたように言われても、嬉しくないです」

「照れるなよ。俺はお前みたいにクールなタイプ、好きだけどね。お前に彼女ができないのは、取っつきにくい空気を作ってるからだと思うぞ」

「愛想悪くてすみませんね」

「責めてるんじゃないよ。お前のよさをみんなにもわかって欲しいんだよ」

どんなに冷たくしても、杉原はまったく気にしなかった。しかも『お前のよさをみんなにもわかって欲しい』なんて言葉をこんなにも自然に言うなんて、人たらしだと思う。

コップに手を伸ばす杉原の手元に目がいき、つい追ってしまっていた。スーツの袖口から、腕時計がちょっとだけ覗《のぞ》いている。センスのいいそれは、杉原の愛用品だ。

はじめは、杉原が苦手だった。

自分とは正反対の男で、自分が持っていないものをすべて持っている。社交的な性格も人間関係をそつなくこなせる器用さも羨《うらや》ましく、自分のできないことをあっさりしてしまう男に対して抱いたのは、負の感情だった。

完璧さを見せつけられるたびに、卑屈な気持ちになってしまう。

けれども、嫉妬《しっと》だとすぐに気づき、その感情はすぐに別のものへと変わっていった。

検事として優秀な男の仕事ぶりを見せられているうちに、純粋に尊敬する気持ちが湧《わ》いてきて、それは仕事以外の部分にまで及ぶようになった。こうして一緒に過ごすほどに、杉原が魅力的な男だと徐々に気づかされていったのである。

頭がよく、理性的で、他人に対する思いやりもある。さりげない気遣いをする杉原に、何度救われただろうか。

孤立しがちな桐谷を気にかけて、同僚たちとの橋渡しのような立場にもなってくれた。しかも、押しつけがましくなく、その気遣いが心地いいとすら感じてしまう。

嫌いだとさえ思っていた相手に、短い期間でまったく逆の感情を持つようになったのは、ひとえに杉原の能力の高さと人間的な魅力によるものだろう。

「はい、お待たせ～。いっぱい食べてね！」

注文の品が出てくると、杉原は手を合わせてからまず味噌汁に手をつけた。

仕事がら時間がなくて掻き込むようにして食事を摂ることもあり、食べるのは早いが、そう感じさせない。優雅に見えるのに、気がつけばどんどん食べ進める。

「あ、このおかず旨い。一口いる？」

「いらないです」

「冷たいなぁ」

「まさか男に優しくされたいんですか?」

「お前のそういうS発言、時々癖になる」

「やめてくださいよ」

切り捨てるように言い、シャットアウトする。

杉原は、面倒見がいいだけだ。父親が息子を心配するように、桐谷を気遣って、心配する。それ以上でも、それ以下でもない——何度、自分にそう言い聞かせただろうか。

「ねぇ、本当に美味しいよ」

「いらないです」

「えー、遠慮するなよ。ほら」

無理矢理おかずをご飯の上に載せられ、桐谷は箸《はし》をとめた。白身魚のフライだ。

「ねぇ、その代わりお前のおかずも一個頂戴《ちょうだい》」

「子供ですか」

「俺のには入ってないんだもん。ケチ、俺はやっただろう?」

「勝手に他人の器に入れただけじゃないですか」

「冷たいな」

「わかりましたよ。あげますよ」

「やったね。お前いい奴」

杉原はそう言って、桐谷の膳からちくわの磯辺揚げを持っていった。一目置かれるほどの検察官が、定食のおかず一つにそこまでこだわるかと言いたくなるが、こういう茶目っ気のあるところも、杉原の魅力だということは間違いない。

（だから、そういうことをしないでください）

盗み見るように杉原を一瞥《いちべつ》してから、白米の上に置かれた白身のフライをじっと眺めた。

本当は、おかずの交換というのは苦手だ。他人の膳に箸をつけることも、自分の膳に他人が箸を伸ばすことも慣れない。そもそもそういうことは女の子同士の領域で、スーツを着た男が二人ですることではないと思っている。

「いい歳して、こういうことあまりしないほうがいいですよ」

「心配するなって。お前にしかしないよ」

「……っ」

心臓が跳ね、箸を落としそうになった。どういう意味だ……、と思うが、それを聞く勇気も、その理由を考えられる冷静さも、今はない。動揺を隠すために、黙々と食事を続けるだけだ。味わう余裕なんてない。

「前に武井《たけい》と交換したらさー、渡したぶんの倍以上のおかず持ってかれたんだ。あいつ優しそうな顔して、結構鬼なんだよね」

杉原の口から出た名前に、桐谷は一瞬だけ動きを止め、再び咀嚼《そしゃく》を始めた。胸がズキンと痛む。そんな何かがつっかえたような胸苦しさを噛《か》み締めながら、期待にも似た思いを抱いてしまっていた自分を嗤った。

「武井さんとよく会ってるんですか?」

「よくってわけじゃないけど、あいつ結構こっちに来るんだよ。いきなり電話してきて『これから飯でもどうですか?』だってさ。ったく、勝手な奴だよ。で、行くと仕事の話ばっかりでさ」

「へぇ」

「あいつは仕事好きだからなぁ」

「あなたも好きでしょ」

「まぁ、そうだけど。あいつだって相当だよ」

いつも愛想のいい杉原だが、武井の話をする時は特別いい表情になる。いつも見ているから、わかる。

(あの人のこと、嬉しそうに話すんですね……)

杉原が武井の名前を口にするたびに同じ痛みを感じてきたのに、学習能力がない奴だと呆《あき》れた。想いを重ねても無駄だとわかっているのに、何故希望を抱くのだと自分を責め、一度言い聞かせる。

欲しがるな。絶対に手に入らないものを欲しがるな。

手に入らないとわかっている相手に、いくら想いを寄せても無駄だ。

「似たもの同士でいいんじゃないですか？」

「え、ほんと？　俺たち似てる？」

「自分の気持ち伝えたらいいのに」

つい余計なことを言ってしまい、口を噤《つぐ》んだ。杉原からの返事はなく、まずいことを口にしたかと深く反省する。

「すみません。変なこと……」

「いいよ別に。どうせお前にはばれてるんだし。俺も隠さないでいいから気が楽だよ」

杉原の武井に対する想いを知ったのは、自分の気持ちを自覚し、後戻りできないほど心を奪われたあとだった。もう少し早ければ、心にブレーキをかけられたかもしれない。

いや、そうだったとしても、いずれ今の状況になっただろう。

杉原の好きな相手が男だと知った時、自分にもチャンスはあると希望を抱くどころか、むしろますます自分には手の届かない人なのだと思い知らされた。相手が、杉原にひけを取らない優秀な検察官だったからだ。

杉原がいつも大事そうに腕にしている時計が、柔和な顔立ちが印象的で上品で控えめな雰囲気のある男から贈られたものだと知ったのは、今から半年ほど前になる。

約、半年前――。

その日、横浜《よこはま》検察庁に勤めている武井宏典《ひろのり》が、所用で東京に来たついでに杉原に会いに来ていた。武井は、彼が新人の頃に杉原が指導をし、今も親しい間柄で可愛がっている相手だということは以前から聞いていた。武井も優秀な検事で、横浜地検でも将来を有望視されているともっぱらの噂だ。

どうやら仕事のことで相談があったようで、前日から会う約束をしていたらしく、杉原はどこかそわそわしていた。嬉しそうでもあったが、同時に武井が心配で仕方がないという気持ちも見て取れた。もちろん仕事に影響するようなことはないが、ちょっと手が空いた時などに見る横顔は心ここにあらずという雰囲気だった。

仕事が終わると、書類仕事が残っている桐谷に「お疲れ」とだけ声をかけ、急いで待ち合わせの場所に向かう。そんな些細なことからも、杉原が武井と一刻も早く会いたいのだとわかった。武井の名前がよく出てくることや、彼について話をする時の態度から、前々から杉原の片想いの相手ではないかと思っていたが、それは確かな疑念となっている。

一人事務所に残って書類仕事を片づけながら、あの杉原が男に想いを寄せるなんてことが本当にあるのだろうかと、桐谷は延々と考えていた。おかげで仕事は進まず、入力ミスしては打ち込み直すの繰り返し。いい加減詮索《せんさく》はよそうと思い、なんとか気持ちを切り替えて仕事を終わらせたのが、午後十一時前だった。

「終わった……」

気が散ってなかなか進まない仕事をなんとか終わらせた桐谷は、ノートパソコンを閉じて深々とため息をついた。

疲れた。

一人での仕事は慣れているが、疲れかたが違う。仕事の手を休めては、今頃杉原は武井と一緒にどんな会話を交わしているだろうと考えていたのだ。仕事のせいではなく、明らかに個人的感情の問題だ。疲れというより、落ち込んで元気が出ないのかもしれない。何をする気にもなれないのに、すべきことは山ほどあって無理に仕事を片づけたため、くたくただ。

立ち上がり、のろのろと帰る準備を始める。

その時だった。

「あ。桐谷、まだいたの？」

物音がしたかと思うと、帰ったはずの杉原がドアから顔を覗かせていた。

手に提げたコンビニエンスストアの袋に、一瞬、残業をする自分のために差し入れを持ってきてくれたのかと思って嬉しくなるが、すぐに違うとわかった。袋に入ったペットボトルのスポーツドリンクは、桐谷のためのものではなかった。ドアが大きく開き、肩を貸しながら武井を歩かせているのを見た瞬間、自分の馬鹿な間違いに気づいた。

その時の情けなさと言ったら、言葉にならない。

「武井さん、どうかしたんですか？」

「ああ。こいつ、酔い潰《つぶ》れちゃってさ、ちょっとここで休ませようと思って。おーい、武井、大丈夫か？　ほら、歩けよ」

「……はい、……すみ……ま……せ……」

「あ〜あ。こんなに酔うなんて、ったく世話の焼ける奴だな」

文句を言いながらも、杉原は幸せそうだった。心を許しているとわかる。その様子を見て、胸が締めつけられた。自分が、とんでもない誤解をしていたのだと思い知らされる。

桐谷だけが特別ではない。桐谷に特別優しかったわけではない。

そんなこと百も承知のはずだったが、どこかで勘違いしていた。杉原があまりにも優しいから、自分が他の同僚たちとは違う特別な立場にいるような錯覚に陥っていたのだ。昼食に誘われるのも、声をかけられるのも、四六時中行動をともにする立場だからだ。

自分以上に大切に接している他人がいることを目の当たりにし、事実を叩《たた》きつけられた。

「こいつ、ちょっと精神的に参ってるんだ。普段はこんなふうに酔い潰れたことないんだけどね」

「そうですか」

「でも、俺の前だからいっか」

二人を見ているのがつらく、「お疲れさまです」とだけ言ってすぐに立ち去った。

いつもなら、あっさり帰る桐谷に「冷たいな」くらいの軽口は叩くだろうが、何も言わない。それが、二人きりの時間を大事にしたいという杉原の気持ちの表れのようで、胸が苦しくなる。どんなに想いを重ねようとも、届かない相手。

自分のことなど、眼中にないと痛感させられた瞬間でもある。

わかっていたよ。

自虐的な笑みを漏らし、何度も自分に言い聞かせながら駅までの道を黙々と歩いた。しかし駅に着いた時、財布がないことに気づいた。どこを捜しても入っていない。

「そうだ。机の上……」

ため息が零れた。財布の中にはカードはもちろん、定期券なども入っている。戻らなければ、帰れない。またあの二人を見なければならないのかと気が滅入るが、仕方ないと観念し、駅からの道をまた戻っていった。執務室まで行くと、電気は消えている。ドアの磨りガラスの向こうは、真っ暗だ。

（もう帰ったのか？）

二人に会わなくて済んだと安堵《あんど》した桐谷だが、ドアが少し開いていることに気づいた。そして、隙間《すきま》から覗いた瞬間、息を呑む。

(杉原さん……)

椅子で眠ってしまった武井を、杉原が机に腰を下ろして眺めていた。廊下の明かりが部屋に差し込んでいて、中は間接照明をつけたようなぼんやりとした明るさだ。

何をするでもなく、杉原は武井の寝顔をただ見つめていた。静まり返った部屋が、杉原の武井に対する想いを何よりも雄弁に語っている。

しばらくすると、手を伸ばして指でそっと前髪に触れた。

「お前は、全力すぎるんだよ」

ポツリと囁《ささや》かれた言葉に、心臓が小さく跳ねた。

微かに聞こえた杉原の声は、愛情で溢《あふ》れていた。あんなふうに語りかけるのだ、杉原は。あんな目で見つめ、あんな声で語りかけ、そしてあんなふうに触れる。

普段から物腰が柔らかで優しい男だが、それとはまた違った。いつも見ている優しさなど比べものにならない。想いが、溢れている。武井への愛情が、溢れている。

杉原はしばらく武井を眺めていたが、ゆっくりと顔を近づけて囁いた。

「でも……つらい時に俺のところに来てくれて嬉しいよ」

額へのキスだったが、完全に武井が好きだとわかった。否定しようがない、事実だ。

ここにいてはいけないと思い、黙って帰ろうと思った桐谷はすぐに踵《きびす》を返そうとした。けれども、動揺するあまり物音を立ててしまう。

弾かれたように杉原が振り返り、目が合った。すぐに出てこられ、逃げる暇もなく捕まってしまう。

「桐谷……帰ったんじゃ」

「財布忘れたんで」

動揺していたが、顔には出さなかった。思っていた以上に、事務的な口調でいられたのは、奇跡かもしれない。だが、それ以上言葉は続かず、妙な空気が流れる。

「ちょっと来い」

いきなり腕を摑まれ、トイレに連れていかれた。力が籠《こ》められていて、その動揺が伝わってくる。見られてまずいシーンを、あろうことか四六時中一緒に仕事をしている桐谷に見られたのだ。さすがの杉原も、心の余裕なんてなかっただろう。

トイレの白い蛍光灯の光の下で、二人向き合って立たされる。

「まさか、見た？」

「はい」

杉原の顔が見られなかった。疑っていたとはいえ、自分の想い人のキスシーンを見てしまったのだ。同時に失恋した。

無表情に徹すること以外、動揺を抑える術がわからない。

何を言われるのだろうと、俯《うつむ》いたまましばらく杉原の視線を感じていたが、思いのほか軽い口調で言われる。

「お前、こういうシーン見ても慌てたりしないんだな」

顔を上げた瞬間、そうしたことを後悔した。

苦笑いする杉原の表情は、魅力的だった。焦っていたのではないのか……、と余裕の表情に、ますます杉原への気持ちが加速する。この魅力的な男が、なぜ自分のすぐ近くにいるのだと恨めしく思うほど、杉原の態度はスマートだった。

自分の反応を窺《うかが》われているとわかり、しばらくその視線に耐えていたが、杉原は軽くため息をついてあっさりと言う。

「実はさ、俺、どっちもいけるんだ。バイセクシャルってやつ」

「そうですか」

「そうですかって……」

何か言いかけて、少し考えてからこう続ける。

「あのさ、どっちもイケるなんて言い方したら誤解されるかもしれないけど、武井は特別なんだ。初めはただの後輩検事だったけど、仕事を教えているうちに、全力でぶつかってくるあいつが可愛くなってさ」

当時を思い出しているのだろう。優しい目をしながら、腕時計を親指の腹で撫《な》でた。大切に使っているなと常々思っていたが、その理由がようやくわかった。時計を見る優しげな視線は、武井に注がれるそれと同じだからだ。

見ているのは、時計そのものではなく、それにまつわる大事な人だった。

「それ、もしかして武井さんからのプレゼントですか？」

「そ。あいつが同僚と意見がぶつかってさ、奴があんまり理性的に論破するもんだから、検察官のくせに相手がカッとなって……。止めに入った俺の腕時計が壊れたから、弁償するって聞かない武井に買ってもらった。ずっと大事にしてるなんて、格好悪いだろ」

いつも目にする杉原の腕時計にそんなエピソードが隠されていたなんて、驚きだ。

「見た目は柔和なのに、頑固で……、そういうところに惚《ほ》れた。だから特別なんだよ」

「わかりました。心得ておきます」

それしか言えなかった。

特別と言われても、困る。失恋が確定した人間に、さらなる追い討ちをかけるつもりなのか——そんなふうに思いながら、自分の心が弱っていくのを感じた。躰からだけでなく、心からも力が抜けていく。胸の奥が締めつけられ、息ができない。

それでもなんとか無表情に徹していると、そんな桐谷の態度を誤解してくれたようだ。

「お前さ、もう少し……、びっくりしたとか気持ち悪いとか、顔に出したほうがいいぞ。バイセクシャルって、結構なカミングアウトなんだけど。しかも、お前も知ってる奴をずっと好きだとか、どん引きされるレベルだろう」

呆れたように笑うその表情があまりに魅力的で、動揺するあまり冷たく言ってしまう。

「秘密をばらすと言ったほうがいいんですか?」

一瞬の沈黙。そして、次の瞬間——。

「——ぷ。あはははは!」

杉原は、肩を震わせて笑い始めた。

何がそんなにおかしいのかわからず、その様子をじっと眺める。いつまでも笑っているため、どうしていいかわからず、ひとまず杉原の笑いが止まるのを黙って待っていた。しかし、なかなか収まらない。

「笑ってる場合じゃないと思うんですけど」

「いや、お前面白いよ。前から興味深い奴だとは思ってたけど、面白い」

「面白いなんて言われたことはありません」

「ほら、そういうとこだよ」

「意味がわかりません」

「ま、お前ならいっか」

「え……」

「お前、人に触れて回るタイプじゃないしな。信用してるし」

その言葉は、純粋に嬉しかった。他人の秘密を吹聴するほど悪趣味ではないが、口止めなど一切せず、信用してくれた。失恋したばかりの心に、温かいものがじんわりと染み込んでくる。

「信用していいんですか？　口止めくらいしたほうがいいんじゃないですか？」

嬉しい気持ちを悟られたくなくて、桐谷はまた可愛げのないことを言ってしまっていた。なぜこんな返し方しかできないのだろうと、嫌になる。

「いいよいいよ、お前のこと信用してるし、お前は誰にも言わない」

「遠回しにプレッシャーかけてます？」

「いや、でもお前は誰にも言わない。信用してるし」

「言いませんよ。ここまで言われて口外したら、俺、人でなしじゃないですか」

「ありがとな」

頭に軽く触れられた時、それまで以上に大きな胸の痛みに顔をしかめる。見られないよう、触れられた髪を手で直しながら、俯いて床を見る。

「礼を言われることではありません」

言いながら、桐谷は心の中で杉原に問いかける。

そんなに好きなんですか。

他の人は考えられないんですか。

俺では駄目ですか。

俺がその人の代わりにはなれないですか。

気持ちが溢れてきて、抑えるのに必死だった。自分の中にこれほど身勝手で欲深い部分があるなんて、知らなかった。これだけ武井への気持ちを見せつけられてもそんなことを考えることが、浅ましいと思えてならない。

（何を勝手な……）

ノンケだったほうが、まだよかった。男でも可能性はあるとわかってもなお、自分がその対象にはなり得ないと思い知らされるつらさは、片想いの比ではない。

「そろそろあいつ起こして帰るか」

「じゃあ、俺はこれで」

「財布は？」

「そうでした」

「へぇ、ちょっとは動揺してるんだ？」

「してません」

「いや、動揺してる。よかった」

「何がよかったんですか」

「だって、俺ばっかり焦ってるなんて悔しいだろ」

「焦ってるようには見えませんけど」

「焦ってるよ」

目を細めて言われ、その表情にまた心臓が跳ねた。優しくしないで欲しいが、これが杉原の普通なのだ。特別な態度を取っているわけではない。

好きだと自覚すればするほど、胸が締めつけられる。苦しくて、どうにかなりそうだ。

それから武井を起こし、三人で下まで降りた。武井とともにタクシーに乗り込む杉原に一緒に帰らないかと誘われたが、さすがにこれ以上二人を見ていられる勇気はない。

二人の乗ったタクシーを見送ったあと、桐谷はしばらくその場に佇《たたず》んでいた。

2

寒さが和らいでくると、頑なに閉じていた木々の蕾《つぼみ》が少しずつほころび始める。眠っていたものが目を覚まし、世の中は活動的な空気に溢れるのだ。防寒具で身を固めていた街ゆく人々の足取りもどことなく軽快になり、外で遊ぶ子供の声をよく耳にするようになる。

芽吹きの季節は、穏やかに晴れ渡る空と相俟《あいま》って、何かいいことがありそうな気がしてくる。漠然とした期待に心躍らせる者も少なくない。けれども、そんな空気も仕事に忙殺される桐谷の心を浮き立たせるものにはならなかった。淡々と過ごす毎日。想いを寄せる相手がいつも傍にいても、叶わぬ恋の痛みが募るばかりだ。

その日、めずらしく早めの帰宅だった。夕飯を済ませ、風呂に入ってすっきりした桐谷は、ゆっくりとした時間を過ごしていた。

桐谷が借りているのはワンルームマンションで、部屋には座卓と一人用のソファー、そしてベッドが置いてある。久々に早い帰宅だったため、風呂から上がった桐谷は、ゆっくりとコーヒーを飲んでいた。

特にここ数日は残業続きで、くたくた++だった。

現場にもよく足を運ぶ杉原と仕事をしていると、仕事の量は倍増する。同僚の検事たちも呆れるほどで、杉原の事務官になったことを憐《あわ》れむような言葉をかけられることもあった。そのぶんやり甲斐《がい》も感じられるため文句はないが、やはり疲れがたまる時はある。

その時、チャイムが鳴った。

時計を見ると、十一時を過ぎている。誰だろうと思いながらインターホンに映った人物を見た桐谷は、目を疑った。

杉原だった。

『桐谷ぃ～、開けてくれ～』

想いを募らせるあまり幻覚でも見ているのかと思ったが、実物だと訴えるように、もう一度声を発した。

『桐谷、いるんだろ～』

「杉原さん、こんな時間になんですか？」

『開けてくれ～』

杉原は、酔っていた。よく見るとかなりご機嫌な様子で、ニコニコ笑っている。

とにかく、あの酔っ払いを外に放置するわけにはいかないと、上がるように言ってからオートロックを解除する。本当に杉原だったのかと思いながら、部屋の外に出てエレベーターが上がってくるのを待っていると、到着したそれから紛れもなく深酔いした杉原が降りてくる。めずらしく、千鳥足でフラフラしながら桐谷のところまで歩いてきて、覆い被さるように抱きついてくる。

「お～、桐谷ぃ～、久しぶりだな～」

「何が久しぶりですか。今日会ったばかりですけど？」

冷たく言ったが、本当はドキドキしていた。

こんなに躰が密着するのは初めてで、思っていた以上に筋肉質で逞《たくま》しいことに気づく。スーツの下に隠された、野性的な肉体美を連想させられた。物腰の柔らかい普段のイメージとギャップがある。意外な発見に、心臓がトクトクと鳴っていた。

「どうしたんですか？　そんなに酔うなんて、めずらしいですね」

「桐谷。お前、いいところにいたな」

「何がいいところにですか。あなたがわざわざうちに来たんですよ」

立っているだけでもふらついていて、かなり飲んでいるとわかった。いつもは理性的で、こんな馬鹿な姿を晒《さら》すことはない。年末など、仕事の仲間たちと飲むことはあるが、自分の適量をちゃんと知っており、酒を飲んでも飲まれることはなかった。

ここまで飲むなんて、普通じゃない。つまり、何かあったということだ。

そんな時に、あの武井のところではなく、自分のところに来てくれたのが嬉しかった。

横浜にいる彼は物理的に遠いが、それでも、近場で行ける距離にいる相手の中で、自分を選んでくれただけでもいい——そんなふうに思ってしまう。

「ほら、ちゃんと歩いてください」

「歩いてるよ」

「歩いてないでしょう。置き去りにしますよ」

抱きつくようにして歩く杉原に、心臓は鳴り止まない。ただ肩を貸しているだけなのに、心音がマンション中に響いているのではないかと思うほど、大きな音を立てている。

「そう冷たいこと言うなって。相変わらず無愛想だし、可愛くないなぁ」

嬉しそうに言う杉原にどう返していいかわからず、もう一度ちゃんと歩くよう促して部屋の中へ招き入れた。靴を脱がせ、なんとか奥まで連れていく。

「しっかりしてください。子供じゃないんだから」

「なんだよ。もうちょっと優しくしてくれよ」

「これでも優しいと思いますよ。酔っ払いなんて放り出してもいいんですから」

「またそういう言い方をする。ま、お前のドS発言は結構好きだけど」

「何がドS発言ですか」

「水飲ませてくれ」

「いいですよ。別に」

わざと迷惑そうな顔をし、ソファーに座らせてから持ってきたミネラルウォーターを手渡した。それを受け取り、美味しそうに飲む杉原をじっと見てしまう。

再び嬉しさが込み上げて、この状況を噛み締める。

ただ水を飲みに来ただけでも、自分のことを思い出してくれた。休憩所扱いでもいい。思い出してくれた。単に近くにいたというだけでもいい。

「そんなに酔うなんて、めずらしいですね」

「まぁね～」

杉原は一気にグラスを空にすると、軽くため息をついてから前屈みになった。そして、かろうじて聞こえるくらいの小さな声で、ポツリとつぶやく。

「……実は、俺ふられた」

「え……」

「武井にふられた」

陽気な酔っぱらいのように振る舞っていたが、やはり違った。杉原は、寂しげな視線を床に落としている。打ちひしがれた表情に、胸がズキンと痛んだ。この男にこんな顔をさせるなんて、武井はなんて罪な男なのだろうと思う。

そして、なぜ自分のところに来たのかわかり、落胆する。

杉原の武井に対する気持ちを知っているのは、桐谷だけだからだ。他に選択肢がなかった。だから、桐谷のマンションに来た。自分を選んでくれたわけではない。

「もしかして、告白したんですか？」

「ばぁ〜か、そんなことできるか。あいつの負担になるだけだ」

自分の気持ちよりも、相手の気持ちを優先しているのが杉原らしかった。

「あいつ、つき合ってる女がいるってさ。真面目につき合ってるって。はは……。いつか来ると覚悟してたつもりだけど、いざそうなると落ち込むな」

杉原は項垂《うなだ》れ、自虐的に嗤った。

最低限の理性は保ちつつも、かなり荒れているのは見ていてわかる。こんなふうに嗤う杉原を見るのは初めてだ。本当に参っている。陽気だったのも、つらさの反動だ。

「わかってたのにな……いつか……こんな日がくるって、……覚悟、してたつもりなのに……。でも、いざあいつが……」

苦しみを少しずつ言葉にしていく杉原を見下ろしていると、怪我をしている動物を見ているような気持ちになった。強靱《きようじん》な精神力を持ち、生命力に溢れているはずの存在が傷つき、疲れ、蹲《うずくま》っている。杉原を想う気持ちがなくとも、この姿を見て手を差し伸べずにいられる者はいないだろう。

ずっと好きだった桐谷なら、なおさらその想いが強くなるのは当然だ。

（俺じゃ、駄目ですか……？）

本音が溢れそうになる。杉原への気持ちを、堪えきれなくなる。

重ねてきた想いがもたらしたのは、遊び慣れたゲイのふりをしたら抱いて貰えるかも……、という考えだった。

（何を馬鹿な……）

不意に湧き上がった己の考えに驚き、そう訴える自分を必死で抑え込む。

そんな汚い真似はいけない。浅ましいことをするなと……。しかし、同時に別の考えが頭をいっぱいにする。

今しかない。このチャンスを逃せば、きっと一生後悔する。きれいごとを並べて何もしないまま想いを重ねていくより、卑しい自分を表に出してでも、たった一度の思い出を作ってもいいではないか。届かぬ思いなら、せめて一度きりの夢を見たっていいではないか。

葛藤《かっとう》は次第にバランスを崩し、自分の望みを叶えるほうへと傾いていく。

散々迷った挙げ句、桐谷はその言葉を口にしていた。

「つらいんなら、俺が躰で慰めてあげましょうか？」

すぐに返事はなかった。だが、聞こえてないわけではないらしく、杉原はゆっくりと顔を上げる。酔っぱらい独特のトロンとした目をしているが、意味がわからなかったわけではないらしい。

まるでアルコールが見せる夢であるかのように、信じがたいという顔をしている。

「お前……何言ってんの？」

「何って、落ち込んでいるようなので、気が紛れるかと」

事務的な口調で言ったからか、杉原は勘違いしたようだ。

「いくら事務官でも、そこまで検事に尽くす必要はないんだぞ」

「尽くすために言ってるわけではありません。俺、実はゲイなんです」

「え……、……何？」

内容を理解できなかったというより、突拍子もない言葉に思考がついていかないようだ。頭の回転の速い杉原でも、こんなふうになるのだと初めて知った。これなら、嘘を見抜かれないかもしれない。

「ちょうどフリーで俺もたまってるし、杉原さんなら病気の心配もないですし、ギブアンドテイクってことで……」

軽く誘うように言いながらも、心臓は大きく跳ねていた。痛いくらい、躍っている。やめておけばよかったと、後悔もしていた。でも、もう後戻りはできない。そして、今ここでこの契約を成立させておかないと、避けられるようになるという強迫観念に襲われる。ここで断られたら、バツが悪すぎて顔を合わせることなんてできない。しかし、逆なら共犯関係が成り立つのだ。

必死だった。

「なんなら、少し試してみます？」

言うなり、桐谷は杉原の前に跪《ひざまず》いた。そして、スラックスのベルトを外してファスナーを下ろそうとする。どう誘えばいいかわからず、直接的な行為に走ってしまった桐谷をどう思ったのだろう。いきなりフェラチオをする覚悟でいたが、途中で止められる。

「いきなりギブアンドテイクって言われても……好きでもない相手を抱くのはさ……」

優しさから来る言葉だが、それは桐谷を深く傷つけていた。

好きでもない相手。

（そんなこと、わかってますよ）

慣れているふりをしてまで必死で抱いてもらおうとする自分が、滑稽《こっけい》でならなかった。それでも、今さら引き下がることもできない。

「いいんです。俺、欲求不満だったたし、二丁目辺りで男漁りするより安全だし」

「お前、そんなところ行くなよ。自分を大事にしろ」

「だったら、セックスフレンドってことで相手してください。ゲイにとって安全な相手を探すのって、結構切実な問題なんです」

そう言って再び行為を続けようとするが、今度は手首を摑まれる。

そんなに嫌なのかと思い、たとえバイセクシャルでも相手は選ぶよな……、と浅はかだった自分の行動を深く反省し、ようやく冷静さを取り戻した。そして、深く後悔する。

やはり、言わなければよかった。

浅ましい真似などしなければよかった。

取り返しのつかない失敗に、これからこの人とどうやって仕事をしていけばいいのかと想い、途方に暮れた。次に仕事場で会った時、どんな顔をすればいいのかわからない。

けれども、次に杉原の口から出たのは、意外な言葉だった。

「俺……今は、落ち込んでるし、こう見えても結構荒れてるから、そんなにいい奴には……なれないぞ。お前のこと……滅茶苦茶に、するかも……」

桐谷はハッとなった。

跪いた状態で見上げると、真剣な表情の杉原が目に飛び込んでくる。荒れていると自分で言うだけあり、その目はどこか恐かった。明かりを背にしているため、表情に陰ができているのも、そう思わせる要因だろう。

けれども、そんなふうに打ちひしがれている杉原は同時に魅力的でもあり、この人にならひどいことをされてもいいという被虐的な気持ちすら湧き上がってくる。

(俺でも……いいんですか……?)

絶望すら抱いていた桐谷には、降って湧いた幸運だった。

これだけ酔っているのだ。きっとすぐに忘れる。明日になったら、覚えていないかもしれない。酔った勢いでもいい。むしろそのほうが都合がいい。

自分にチャンスがあるのなら。勢いでもいいから。躰だけでもいいから。たった一度でいいから――。

浅ましい望みだと自分でもわかっていたが、はしたなくも飛びついてしまう。

「いいですよ。好きにしてください。慣れてますから、多少荒っぽくても……、――っ！」

いきなり腕を摑まれて立たされたかと思うと、ベッドに押し倒される。

「後悔するなよ」

酒でのどを潰したのか、普段優しい声は少ししゃがれていた。

いつもの響きを微かに残しつつも、荒くれた者を思わせる掠《かす》れた語尾に背中がぞくっとなった。

理知的な男が初めて見せる、獣の顔。

「悪い。お前を利用させてもらう」

杉原は武井に貰ったという腕時計を外し、サイドテーブルに置いた。それに意味があるのか、単に邪魔になるからなのかはわからない。

杉原はさらにスーツの上着を脱ぎ、面倒そうにネクタイを外して捨てた。その仕草がまた男臭く、普段は理性で固めている社交的な男の意外な一面に、心がざわついた。

仕事の時は、脱いだ上着は一時的にでもどこかへ置いておくような真似はしない。几帳面で、いつもきちんとハンガーにかける。それなのに、シワになるのも構わず放り出すところも杉原らしくなかった。

「あ……っ」

首筋に唇を這《は》わされたかと思うといきなり噛みつかれ、痛みに顔をしかめた。

今の杉原には余裕がなく、やるせない想いをどうにかしようとしているのがわかる。自棄になっているが、そこも新たな魅力だった。ただ優しいだけでなく、ふられて荒れている時は、人並みの身勝手さがある。

その反面、武井に対する想いがそれほど強いのだと痛感した。

桐谷のことなど構っていられないほど荒れる杉原に、武井がどれだけ好きなのか見せつけられる気がして、苦しくなる。

けれども、このチャンスを手放すほど、潔くもなかった。

それでもいい。躰だけでもいい、抱いてくれるなら、なんだっていい。

（杉原さん……）

これ以上何も考えたくなくて、桐谷は杉原の躰に腕を回して強く抱き締めた。

杉原の息遣いは、獣のそれだった。

る。

荒っぽく、獰猛《どうもう》な唸《うな》り声をあげて獲物に食らいつく肉食獣のように、熱い吐息を漏らしている。

「……は……っ、……はぁ……っ、……ぁあ」

首筋を這う杉原の唇に、我を忘れていた。あの人の唇が自分の首筋を這っているのだと思っただけで、肌は敏感になり、息はあがる。

「どこが、イイんだ？」

「ぁ……っ」

「ここか？」

「ぁあ……っ」

仕事でこれだけ一緒にいても、知らないことはたくさんあるものだ。特にプライベートの顔は、想像すらしていなかったようなものが隠されていることもあるのだと、実感する。

（あ……）

うっすらと目を開けた桐谷は、目許が熱くなるのを感じた。

脱いだ杉原は、すごかった。

いつ鍛えているのだろうと思うような、引き締まった肉体。日本人のそれとは思えないほど、しっかりした筋肉がついている。

杉原が着痩せすることを、初めて知った。

育ちのよさそうな外見に惑わされて、細身のスタイルを想像していたが、その実、鋼《はがね》の躰を隠し持っていた。スーツが似合うはずだ。一見、体型を隠すようだが、実はその下にある肉体が、そして躰のラインが微妙なラインを描き出す。

「ここ、狭いな」

ただでさえ、男二人で寝るには十分でないシングルベッドだ。セックスするには狭くて、動きにくそうにしている。

「すみませ……、——ぁ……っ」

再び体重を預けてきた杉原の手が、乱暴にパジャマをたくし上げたため、胸の突起に布が擦れてぞくっとなった。

正直、恐い。

優しい男が、暴走しているのだ。自分よりも体格のいい男に乗られ、その重さを全身で受け止めていると、追いつめられたような気分になる。

逃げ場がないというだけで、恐くなる。

望んでいたこととはいえ、想像していたものより遥かに荒々しい行為に、桐谷は戸惑うばかりだった。慣れているふりをするつもりだったが、今は杉原のするがままに任せている。

これでは、初めてだと言っているのと同じだ。いつばれてもおかしくはない。

けれども、そんなことはどうでもいいというように、行為を進めようとしていた。

いつも、他人の気持ちに敏感な男が、だ。

「なんだ?」

「何……も……」

たったひとことですら、どこかいつもと違った。優しさよりも、男臭さを感じた。

まるで金色の毛に覆われた百獣の王だ。おとぎ話に出てくるような架空の美しい獣ではなく、実際に狩りをし、獲物に牙を立て、血を啜《すす》り、肉を喰らう生きる獣。観賞用に手入れされた美しい毛皮ではなく、泥にまみれ、雨に打たれ、時折怪我を負い、その痕がはっきりと残っている。

だが、そんな荒々しさが、逆に魅力的でもあった。

その肉体は、『生』そのものだ。

「ぁ……っく、……う……っく」

苦痛の声をあげながら、少しでもこの杉原を感じていようと、余計なことは頭の中から追い出した。この行為に心が伴っていないことや、おそらく杉原が別の人を思いながらこの行為に没頭していることは、考えないようにする。

武井にふられて荒れている杉原には、今までにない魅力を感じた。同時に、武井に対する想いの強さをまざまざと見せつけられる。桐谷のことなど構っていられる余裕がなく、通常なら気遣いの言葉をかけてくるだろう場面でも、一方的に自分をぶつけてくるのだ。

その魅力に溺《おぼ》れながらも、心の痛みは増すばかりだ。

そんなに好きなのかと、ここまで荒れるほど想っているのかと、その心に自分の入る隙間などないと思い知らされる。

「潤滑剤になるものってあるか？」

「……あ、……あり……ます……」

なんとか答え、身を起こしてベッドの横にある棚の抽斗《ひきだし》に手を伸ばした。そこには、絆創膏《ばんそうこう》や消毒液などが、バラバラに入っている。それらしいものがないか捜すが、見つからない。

慣れているのに何も持っていないなんて、きっと怪しまれる。

いや、慣れているからといって常に準備しているわけではないのかもしれない。

焦っていると、ふいに杉原の気配をすぐ傍に感じる。

「それ使えるだろ」

「え……」

杉原は無言で抽斗の中に手を伸ばした。見落としていたのは、チューブ入りの軟膏だ。一度使ったきりで、中身はほとんど残っている。

なんとなくバツが悪く、黙ってベッドに戻るが、杉原は気にしていない。一度ベッドから降りてスラックスと下着を脱ぎ捨てると、再び膝でマットレスに体重を乗せる。

膝立ちになり、桐谷を見下ろしながらチューブから軟膏をたっぷりと絞り出すのを見て、思わず唾《つば》を呑んだ。男同士でどうやってするのかくらい知っているが、それだけに痛みに対して身構えてしまう。

「ほら、腰浮かせ」

舌先をチラリと覗かせ、杉原はそう言い放った。仰向《あおむ》けの状態で尻を掴まれ、割れ目に指を這わせるようにして蕾を探り当てられる。指先をねじ込まれてビクンとなった。

「ぁう……っ、……ぁあう……っ、……っく！」

指は、容赦なく蕾をほぐして中を掻き回そうとする。

（痛ぅ……っ）

なんの躊躇《ちゅうちょ》もなく指を挿入され、息をつめた。

痛くて、熱くて、たまらない。

これでは自分が初めてだとばれてしまう。目が合い、聞かれる前にと思いついた言葉を口にする。

「久しぶり、なんです」

「そうか」

「早く、満足……させて、くださ……」

「わかった」

あっさりと騙されたのは、失恋のショックで何も見えなくなっているからだろう。アルコールで思考が鈍っているのも、理由の一つだ。

　今なら、ばれずに最後までしてもらえる。

「ぁう……っく、……ぅ……っく、……っあ……ッ、……あぁ……あっ！」

　ゆっくりと出し入れされ、桐谷の唇の間からは苦痛の声が漏れた。出入りする指の異物感にも、慣れることができない。息をつこうとしても、自分が普段どんなふうに呼吸をしていたのかすら、思い出せないのだ。

「力抜け。やり方、忘れたのか……？」

　およそ杉原のとは思えない乱暴な物言いに、痛がる素振りを見せまいと、縋《すが》りついた腕に力を籠めて抱き締める。

「イイ……ッ、……ぁ……っく、……ぅ……っ」

　痛がっていると悟られたくなくて、嘘を口にした。

　本当は痛くて、苦しくて、たまらない。覚悟はしていたが、これほど苦痛なことだったなんて想像もしていなかった。本当にこんなところで、男を受け入れることなどできるのかと疑いを持ってしまう。

　それでも、この男と繋がりたいと、心などなくてもいいから続けて欲しいと思ってしまう。

「早く……、もっと、……っ」

「急ぐなよ」

「うう……っく、……うっく、う……ぅう……っ、ッは！　……ぁあ……っ」

指を二本に増やされ、出し入れするリズムが少しずつ変わっていった。ついていくのがやっとなのに、無理矢理加速させせられるようで、いっぱいいっぱいだ。

必死で痛みに耐えながら、桐谷は繰り返していた。

もう無理だ。これ以上は、無理だ——そう訴えるのと同時に、別の感情も姿を現す。

杉原と繋がりたかった。どんな痛みにも耐えられる。一度きりの行為だ。心残りなどあってはならない。最初で最後なのだ。だから、せめて最後まで——。

杉原の肌の匂いを嗅ぎながら、引き締まった背中の筋肉に指を立て、こんなふうにセックスをするのだと実感する。男同士で躰を繋ぐことが、そうたやすいことではないと身を以て知らされた。

「……ぁ……っ！　う……、——痛《っ》ぅ……っ！」

あてがわれ、腰を進められる。思わず膝で杉原の腰を強く締めつけてしまうが、杉原はお構いなしだ。即物的に繋がろうとする。

（……裂け、る……っ）

恐怖にも似たものに突き上げられながら、杉原を感じていた。

恐い。

すごく恐い。

それでも、やめて欲しくない。

「何……お前……」

「いいから……っ、はや……く……、突っ込んで……くだ……さ……」

催促しながらも、いざ杉原が腰を進めると、痛みから無意識に逃れようとしてジリジリとにじり上がってしまう。追いつめられ、逃げ場を失ってしまう。

「ッあ……ぁ、ぁあっ……あ……ッ、……はぁ……っ！　あ、——ぁぁぁあああ……っ！」

いきなり根元まで深々と収められ、信じられない思いでいっぱいになった。

（あ、嘘……、……嘘……っ）

杉原が自分の中にいることが、信じられなかった。男を後ろで受け入れていることが、信じられない。

とてつもない異物感。質量。死んでしまう。壊れてしまう。本音を口走りそうになる。

「……っく、せま……」

そう言うなり、杉原は軟膏を足して腰を前後に動かし始める。

「んあぁ……、っく、っあ！　ぁあ……ぁあ……っ！」

拡げられ、熱をぶち込まれ、どうしていいかわからなかった。動かれたら死んでしまう——そう思うが、言葉にしてはいけないと唇を強く噛んだ。初めてだということが、知られてはいけない。慣れていなくちゃいけない。

「すご……い……、……気持ち……い……、……すご……」

肩口に顔を埋め、自分の中を圧迫するものの大きさに震えながらも、事実とは逆のことを口にした。

「もっと……欲し……、……もっと……」

本当は動かないでくれと、懇願したかった。慣れるまで、待ってくれと……。

だが、行為の途中で真実に気づかれてやめられたら、それこそ惨めだ。

幸い、桐谷の嘘を見抜く余裕などないらしく、杉原はいっそう逞しい腰つきで桐谷を突き上げる。

「あっ、あっ、んっ、あっ、あっ、はっ、あ、んぁ……っ」

涙が次々と溢れた。

それは肉体的な痛みからなのか、それとも悲しみからくるものなのかわからない。

だが、それでもよかった。こうして杉原と躰を重ねることができるなんて、夢にも思っていなかった。そんな望みを抱いたことはなかった。それが、今こうして躰を重ねているのだ。

それだけでいい。

「桐谷……っ」

名前を呼ばれると、痛みがほんの少しだけ和らぐ気がした。嘘が、嘘でない気がした。

「桐谷……、……っく、……も……少し、……緩めろ……」

「杉原さ……、……ぁ」

縋りつき、強く抱き締めた。

突き上げられるたびに、肩胛骨《けんこうこつ》が動き、背筋がより引き締まり、自分を抱く男の肉体を手で味わうことができる。見なくても、わかるのだ。どんなふうに自分を抱いているのか、浮かんでくる。

(好きです……、好きです……、……好きです……)

リズミカルな動きに、想いが溢れた。

この行為に心がないことなど、わかってる。それでも、十分だ。

「杉原さ……っ、……杉原さん……っ」

「桐谷……、ぁ……っく、……はっ、……っく」

獣じみた吐息を吐きながら腰を打ちつけてくる杉原に、この男が愛しているのは別の相手だと自分に言い聞かせながら、溺れた。

「……桐谷……、……お前……、……指……、力、入れすぎ……痛い……」

無意識に指を喰い込ませていた桐谷は、指と肩の間に手を差し込まれ、そっと剝《は》がされる。

「お前、ちゃんと感じて……」

「早く……っ、……いいから……、……いいから……」

やめるなと訴え、催促すると、杉原はそれ以上何も聞いてこなくなった。真実が見えないように、嘘で塗り固めた行為は、杉原が二度果てるまで続いた。

翌日、桐谷はどんな顔で出勤すればいいのかわからず、眠ってしまった杉原を置いて、自分だけ先にマンションを出た。遅刻しないよう、目覚ましはセットする。

自分は外で朝食を摂るから早めに出るという内容のメモを残し、一人先に出勤した。駅から少し離れた喫茶店に入り、昨夜の行為による疲労を抱えたままモーニングセットのコーヒーを眺め、ただじっと座っていた。後ろに杉原の感覚が残っているのも、いけない。スーツを着て外に出ても、ずっと杉原を咥《くわ》え込んでいるような気がしてならないのだ。

気がつけばトーストは冷たくなっており、無理矢理胃の中に収めてから店を出る。

昨日の今日だ。杉原の顔を見て冷静さを保っていられるかどうか自信がなく、結局遅刻寸前になるまで執務室に入ることはできなかった。

「あ。おはよう」

「おはようございます」

勇気を振り絞ってドアを開けた桐谷は、いつもの態度で迎える杉原に安堵した。もしかしたらセックスしたことは忘れているのかもしれない。それなら、都合がいい。

あれは、一夜限りのことなのだから……。

そう思ったが、さすがにそこまで都合よくはいかないらしい。少し改まった態度で切り出される。

「なぁ、桐谷」

「今日は朝から予定がつまってるので、無駄話をしてる暇はないです」

杉原の腕にいつもの時計があるのを見ながら、冷たい口調で言った。何か話そうとしたようだが、思い留まったようだ。

「今日のスケジュールってどう？」

「新しく送検されてきた事件がこちらに……。先日から引き続き行われているのがこちらです。例の芸能人が入ってます」

「ああ、あの子ね。結局、担当は俺か。恨まれそうだな」

杉原が苦笑いしたのは、同僚の女性検事が今日送検されてくるアイドルのファンだったからだ。もちろん、個人的感情が入らないよう自ら担当しないと申し出たが、誰が取り調べをするのかと、昼休みの時に口にしていたのを覚えている。

「ドラッグキメて事故起こしたんだよね」

「はい。飲酒もしてます。同じ事務所の先輩が同乗者です」

「先輩より売れてるんでしょ」

「ええ、かなり」

ファイルを渡して、早速仕事モードに切り替える。杉原もそのほうがよかったのか、言いかけた言葉は呑み込んだままで、すぐに書類に目を通した。

「は～、こんなにあるんだ。相変わらずだな」

「手を抜かないのは、杉原さんの長所です」

「なんだよそのプレッシャー。もちろん抜かないけどさ」

時間になると、送検されてきた被疑者を迎え、取り調べを行う。

杉原の仕事ぶりは、いつもどおりだった。いや、いつも以上だったかもしれない。どの事件も手を抜くことなく、次々と捌《さば》いていく。武井に恋人がいると知って荒れていた杉原は、どこにもいない。

時折、まだ抜けない杉原の感覚を後ろに感じながら、やり手検察官の仕事ぶりを見せつけられる気分は、複雑だ。浅ましくも弱ったところにつけ込んで手にした一夜限りのセックスを意識させられながら、自分には到底手の届かない相手だということを見せつけられるのと同じだからだ。

そして、今日一番の注目といっていい被疑者が部屋に連れられてくる。

人気アイドルで、年齢は二十一歳。歌や踊りだけでなく俳優としての仕事も多く、あまりテレビを見ない桐谷でもその顔はよく知っていた。ドラッグをキメてから車の運転をし、事故を起こしている。全面的に罪を認めていて、即日起訴できる内容だった。

「すみません、反省してます」

事務所の人間に言われたのだろう。青年は反抗的な態度は一切取らず、反省の言葉を口にした。けれども、目は嗤っている。馬鹿にしているのだ。どうやれば一番上手く切り抜けられるかを、教えられている。優秀な弁護士や事務所の人間が、知恵を授けた。

「ところで、ドラッグは吸ったことがないと証言されてますが」

「はい。隣で先輩がタバコを吸い始めたのは覚えてます。あれがそうだったみたいです。吸ったことがないから、僕、わからなくて」

しおらしい言葉とどこか嗤っている目が、いかに反省していないかを示唆《しさ》していた。起訴しても、優秀な弁護士が己の知識を駆使して彼の罪を軽くするだろう。血液や尿からドラッグの反応が出ても、自ら進んでやったと証明できるわけではない。強要された、知らないで摂取したなどと言い訳を繰り返すだけだ。

覚醒剤など毛髪でわかることもあるが、この態度だと常習性はなく、出てこない。

先輩とやらの証言を聞いても、同じ答えが返ってくるに違いなかった。

人は法のもとに平等とは言うが、それは違う。力を持つ者は、持たざる者とは違う裁きを受けることがあるのだ。金を稼げる人間をよってたかって護ろうとする人間がいるのも事実で、限界を感じることもある。

「じゃあ、自ら進んでドラッグをやったわけではないと」

「はい。でも反省してます」

「あなたの荷物の中にも入っていたんですよね」

「先輩が持ってて言ったから。僕、大きな鞄《かばん》だったし、先輩だから逆らえなくて」

「じゃあ、本当にまったく知らない？」

「はい」

「お酒は飲んでますね」

「はい。それは確かです。本当に反省してます」

杉原は、軽くため息をついた。

この未熟で厄介な相手をどう処理するのだろうか──恋心からではなく、一人の検察事務官として、純粋に尊敬できる男がどう対処するのか見ていた。

「優秀だね」

「え？」

「誰に教わったの？」

「誰って……どういう意味ですか？」

青年は笑った。屈託のない笑顔は、テレビで見るのと同じだ。この笑顔に、女性は黄色い声をあげる。

「なぜ、事務所の人があなたを護ってくれるのか、考えたことは？」

「何が言いたいんです？」

「いいアドバイスをしてくれる大人が沢山いるでしょう？　なぜ、あなたのために尽力するのか、考えたことはある？」

「もし、僕が売れなくなったらって、そういう話ですか？」

「まぁ、そうだね」

「そんなことは、考えませんよ。僕、事務所で稼ぎ頭だし、まだまだ努力してもっと上を目指します。落ち目になるのをわくわくしながら待ってるような連中を、喜ばせたりなんかしない。検事さんも、僕が落ち目になればいいって思ってるんでしょう？」

　そこには、若い時から大人の世界で競争をさせられてきた人間の悲しい姿があった。常に結果を求められ、応えてきたからこそ抱える苦しみがある。本人すら、それに気づいていないかもしれない。けれども、いつか来るかもしれない望まない日に対して、怯《おび》えている。

　両親は、この子をどんな大人たちに預けたのだろうと思う。

「いや。君には活躍して欲しいよ。本当だ。うちに君のファンもいるしね」

「そうですか。まぁ、信じます」

「でも、誤解しないほうがいい。事務所の人たちは、君を護ってるんじゃない。君が生み出す金を護ってるってことだけは、頭の隅にとどめておいて。大人の金蔓《かねづる》にならないように」

今まで笑っていた青年に、少しだけ変化が起きた。
十七、八の少年が教師に叱られてふて腐れるような顔だ。自分の稼ぎ出す金に跪く大人たちを見下し、小馬鹿にしていた青年が初めて見せた素直な感情と言える。
「今からアイドルという枠を飛び出して、演技力をつけて、実力派俳優と言われるようになって、いぶし銀の魅力を持つようになって、文化勲章なんか取るくらいの人になったとしてもだ。自分の周りに集まる人間がなんのために傍にいるかは、見極められるようになったほうがいい。誰を信用して、誰が正しいことを言ってるのか。誰の言葉に耳を傾けるべきなのか、自分の頭で考えるんだ。わかったね」

静かに、諭すように言う杉原の言葉は、執務室の空気を止めた。静けさが、痛いくらいだ。

「君は、君の生み出す金に群がる亡者たちに喰われないように」

青年は、何も言わなかった。

少しは、自分を疑っただろうか。自分の周りの大人たちを、罪を隠すために奔走し、尽力した大人たちを疑っただろうか。

それは、誰にもわからない。わからないが、青年の態度は明らかに変化している。

（やっぱり、あなたはすごいですね）

杉原を好きにならずにはいられない理由を、桐谷は改めて実感していた。

「なぁ、桐谷。ちょっといいか」

「はい、なんでしょう」

午前中の仕事がすべて終わると、すぐさま呼ばれた。仕事の話ではないと、なんとなくわかる。さすがにいつまでも知らん顔のままではいられないかと観念した桐谷は、大人しく杉原のもとへ行き、机の横に立って仕事の時と同じ態度で何を言われるのかその言葉を待った。すると、杉原はドアのほうを見て、誰もいないことを確認してから少し気まずそうに切り出す。

「なぁ、昨日のことなんだけど……」

「覚えてたんですか。深酔いしてたから忘れたもんだと思ってました」

ついに来たと意気込むあまり、冷たい言い方をしてしまった。いつものことだが、さすがにあのあとなだけに杉原は苦笑する。

「覚えてるよ、一応な。といっても、ところどころあやふやな部分もあるけど」

「別に思い出さなくてもいいですよ」

「なんだよ、冷たいな。今日も一人でさっさと出かけたし。朝ご飯食べるなら誘ってくれよ」

「ぐっすり寝てたみたいなので」

そう言うと、杉原は腕を組んだまま観察するように桐谷をマジマジと眺める。

「なんです？」

「いや、お前が女に興味がないって信じられなくてさ」

「すみません。あなたが武井さんに片想いしてるって聞いた時に言うべきだったのかもしれないですね。でも、俺がゲイかどうかなんて興味ないでしょうし、あなたの秘密を偶然知ったからって、俺まで秘密を明かさないといけないことにはならないでしょう？」

「別に黙ってたことを責めてるわけじゃないよ。あれは俺が迂闊《うかつ》だったんだし。それよりお前、よく躰目的で誰かと寝るのか？」

有能な検察官の質問に、嘘を貫き通せるだろうかと自信を失いかけるが、そんなことを言っていられない。

目を見て話さなければ、きっと疑われる——桐谷は、杉原の目をまっすぐに見た。

ああいったことに慣れていないといけないのだ。そう思わせないと、重荷になる。自分に惚れていた男を捌《は》け口にしたと知ったら、騙されたことをよくは思わないだろう。しかも、失恋の弱みにつけこんで、一回限りのセックスをしたかったなんて知られたら、どう思われるだろうか。きっと、引かれる。

「よくってわけじゃないですけど、仕事が忙しくて休みがないとストレスがたまるので、時々発散しにはいきます。俺は男しか駄目なんで、相手を見つけるのに苦労してるんです」

「そっか。大変だな」

はっきりと言い過ぎたのか、杉原は苦笑した。けれども、嘘はばれていないようで、この態度で乗り切ることにする。

すると、杉原は考え込むような仕草をしてから、言いにくそうに続けた。

「その、お前を抱いた俺が言うのもなんだけどさ……」

らしくない歯切れの悪さは、罪悪感の表れだ。

(そんな顔しなくていいのに……)

下心があったのは自分のほうなのに、こんな顔をさせたのが申し訳なかった。騙してしまったことに対する、罪の意識が大きくなる。

「知らない相手とはやめたほうがいいぞ。そういう行きずりのトラブルで起訴されてくる被疑者もいるだろ。もうちょっとさ……自分を大事にしたほうがいいよ」

申し訳なさそうな態度に、胸がチリリと痛んだ。

(あなたは、いい人すぎるんですよ。だから、俺なんかにつけ込まれるんだ)

騙されているとも知らず、そんな気遣いをする杉原に、好きになった理由を改めて実感する。相手が誰であれ、思いやりを以て接することのできる人徳者だ。だからこそ、できるだけ重荷にならないよう、なんでもないという態度に徹しなければならない。

「だからあなたを誘ったんですよ。あなたなら病気を伝染《うつ》される心配もないし、身元もはっきりしてるし、二丁目やネットで相手を探すより安全ですよね」

言いながら、昨夜のことが脳裏に浮かぶ。なるべく思い出さないよう努力していたが、いざこうして話をすると次々に蘇《よみがえ》ってきて、桐谷の心臓は落ち着かなくなった。

理性的な杉原を目の前にすると、余計に昨夜とのギャップを感じてしまうのだ。杉原がどんなふうに荒っぽく自分を抱いたのか、よく覚えていた。人並みの身勝手さ。欲望。

知ってしまった杉原の姿は、一度で終わるにはあまりにも魅力的すぎた。もう一度……、と望んでしまう。

もし、自分が躰の関係を提案したら、受け入れてくれるだろうか――不意に、とんでもないことが脳裏に浮かんだ。

「確かにお前の言うとおりだけど……」

「杉原さんは、一夜限りで誰かと寝ることはなかったんですか?」

「行きずりってのはないけど、まぁ、正直言うと、躰だけの関係だった相手はいるよ。女の人だけどね。ドライな人でさ」

意外だった。

杉原は、誰かとそういった関係を結んだ経験はあるのだ。まったく希望がないわけではない。

「もちろん、お互い同意の上だから」

「俺も同意しましたよ」

「まぁ、そうだけど、あの頃はまだガキだったし。それに、お前はいつも一緒にいる相手だからな」

「そんなに重要なことですかね」

あくまでも、取るに足らないことだったというような態度で言った。

杉原は失恋したばかりだ。もしかしたら、躰だけという関係にはなれるかもしれない。図々しいと思うが、一度そういう考えに陥ると捨てきれなくなる。

セックスフレンドでもいいから、このまま関係を保ちたい。躰だけでもいい。偽りの関係でもいい。

欲深い一面が顔を覗かせ、自分の手に負えなくなる。

一度きりでいいと思っていたはずなのに、こうして好きな男を目の前にすると、さらなる欲が出てしまうのだ。いけないと思いながらも、気持ちは止められない。

痛くても、苦しくても、もう一度、杉原との夜を味わいたい。

「ドライな関係に抵抗がないなら、これからも相手してくれると俺も助かるんですけど、どうですか?」

「どうですかって……」

返事につまる杉原を見ながら、心臓が大きく跳ねているのを感じていた。

言ってしまった。

躰だけの関係はどうかなんて、提案してしまった。

仕事場で男漁りをする節操のない男だと思われただろうか。ドキドキしながら杉原の反応を待つ。だが、すぐに返事はなかった。悩んでいるのか、呆れているのか、わからない。

「どうです？」

声が震えそうになりながらもう一度言い、杉原にわからないようゆっくりと大きく息を吸い込んで心を落ち着かせようと努力する。

「まぁ、昨日はかなり酔ってたし、お前を抱いちゃった俺が言うのもなんだけど、自分を大事にしろよ。男同士でも、恋人は見つかるよ」

「検察事務官が？　ただでさえ男同士の出会いなんて難しいのに、こんな多忙な仕事してて、誰とどこで出会うんです？　すぐに現場に飛んでいくあなたのせいで事務仕事は夜中までなんてめずらしくないですし。大体、男に恋してふられて酔い潰れてたあなたがそれを言いますか」

「う……」

「何年も片想いした挙げ句なんでしょう？　男同士なんてそうそう相手は見つからないですよ。嫌なら無理にとは言いませんけど、ドライな関係でお願いできるんだったら……」

緊張するあまりまくし立てるように言ってしまい、我に返った。欲しいものをくれくれとせがんでいるようで、みっともない。

「お前はそれでいいの?」

「後腐れなくってのが理想ですし、その上身元は保証されてるし、あなたは俺にとって都合のいい相手ではあります。まぁ、断られたらネットでも二丁目でもアテはありますから」

どちらでもいいというような態度を取るが、内心どう言えば杉原をその気にさせられるかと、そんなことばかり考えていた。

あと一押しかもしれないという思いが、桐谷を駆り立てる。

「だからさ、それは危ないって言ってるだろう。ったく、お前って案外無謀なんだな」

「ゲイだって肌のぬくもりが欲しいんです。自分で処理してばかりも虚しいし、俺も男ですから。大丈夫ですよ。なるべく安全な相手を探しますから」

「おいおい、だからその行きずり見つける前提で話するなよ」

「だったら俺の相手してくれます? 俺は躰だけが望みなんで。あなたが罪悪感抱くこともありませんし」

杉原は、また考え込んだ。その姿を見て、ようやく善良な部分が顔を覗かせる。

心が手に入らないからといって、せめて躰だけでもと思ってしまう自分に呆れていた。惨めな奴だと、心の中で嗤った。

(必死すぎるんだよ……)

いい加減にしないと嫌われるぞと、自分に言い聞かせる。

もう諦めろ。気持ちがばれてしまう前に、冗談だったと言って笑い飛ばすのだ。それで終わりにする。欲を出すと、ろくなことにならない。そう自分を宥《なだ》め、納得する。

しかし次の瞬間、耳に飛び込んできたのは、予想外の言葉だった。

「……じゃあ、そういう関係を始める？」

「え……」

聞き違いかと思ったが、自分の目を見る杉原に、それが欲しがるあまり聞こえた幻聴ではないとわかった。驚きすぎてすぐに声が出ず、絞り出すように言う。

「あ、あなたがよければ」

声が震えそうだった。かろうじて堪えたが、今のは変に思われたかもしれない。それを誤魔化すために、より事務的に聞いた。

「じゃあ、契約成立でいいですか？」

「う～～ん、でもなぁ～～～。なんかお前を自分の都合のいい道具にしてるみたいでやっぱりなぁ～～～」

優柔不断なところなど一度も見たことはないのに、返事をしてもなお、こんなふうに頭を抱えて唸る杉原を見て、ますます好きになった。悩んでいるのは、自分を同僚として大事にしているからこそだとわかる。都合のいい道具でもいいのに、むしろそのくらいのほうが、騙しているほうとしては罪の意識も薄れるというものだ。

「往生際が悪いですね」

「往生際ってな……」

「だって、契約したでしょ」

「俺のほうがタチなんだから、そりゃ苦悩するさ」

「そうですか？　じゃあ、一回ごとに飯奢《おご》ってもらうとか。だったら罪悪感も少しは……」

「あほ！　それこそ金で買ってるみたいだろ！」

「そんなもんですかね」

困り果てる姿も、魅力的だった。頭をぐしゃぐしゃに掻き回している。こんなにイイ男なのに、茶目っ気があって、憎めない。ここまで非の打ち所がないと同性の反感を買いそうだが、杉原は男女問わず好かれている。

「どうせ杉原さんが相手してくれないなら、適当な人を見つけるだけなんで」

「わかった。じゃあ、お前にいい相手が見つかるまで、俺とそういう関係になるってことで」

「今度こそ契約成立ですね」

喜びが声にならないよう注意しながら、さりげなく言う。しかし、じっと見られていることに気づいた。

「お前本当に顔に出さないな」

「何がです？」

「前からそうだったけど、こんな話してる時ですら、その顔だもんなぁ。もっとお前の顔見ときゃよかった」

「今見てるじゃないですか」

「違う。イク時とかの顔だよ」

いきなり身を寄せられたかと思うと耳打ちされ、硬直する。

「さすがにその時は、鉄仮面は崩れるだろう。実はあんまり覚えてないというかさ。次は、お前がベッドでどんな顔してるのか見てやるぞ。愉しみだな」

まさか、そんなことに興味を持ってくれるなんて思っていなくて、どういう態度を取っていいのかわからない。

「あ、照れた？　めずらしいな」

「そんなことないです」

「赤くなってないか？」

「なってません」

「耳のところ、なってるよ」

「なってないです」

わざと不機嫌に言って自分を隠しながら、心の中で願った。

気づかないでください。

この想いに、気づかないでください。

呪文のように、何度も唱えた。冷静さを装っているのも限界で、杉原を置いて執務室を出て行こうとしたが、呼び止められる。

「どこ行くんだよ？」

「便所ですよ。連れションはごめんですからね」

そう言い捨てて踵を返した桐谷は、これ以上声をかけられないよう一直線にトイレへ向かった。早足でツカツカと歩いていく。

誰もいなかったのはラッキーだった。個室に入り、ドアに鍵をかけて深呼吸をする。しかし、すぐには落ち着かない。

心臓が破裂しそうだ。

シャツの胸の辺りを摑み、目を閉じて壁に頭を寄りかからせて好きな男の名前を口にする。

「杉原さん……」

本当に、自分があの人のセックスフレンドになったのかと、信じがたい思いでいっぱいだった。これが夢でありませんようにと、何度も願ってしまう。

苦しくて、桐谷はしばらくそこから出られなかった。

3

躰《からだ》だけの関係が始まったからと言って、頻繁にセックスする関係にはならなかった。仕事が忙しいのもあるが、なぜか恋人同士のように食事だけして帰ることもある。

杉原《すぎはら》は、紳士だった。

桐谷《きりたに》を性欲の捌《は》け口にするようなことはなく、肌を合わせる前に礼儀として多少その人のことを知っておこうという考えが、その行動からも感じられる。

もちろん、セックスは優しかった。酔って荒れたまま抱かれた時もよかったが、気遣いながら躰を拓かせるやり方に、自分が男であることすら忘れそうになった。けれども、いったん桐谷に火がついたとわかると、徐々に本性を見せ始める。

その瞬間がたまらなく、身も心も溺《おぼ》れた。優しげな目をした艶《つや》やかな毛並みの獣の美しさに引き寄せられて手を伸ばしたら、いきなり襲いかかられるような気分だ。見てくれに騙《だま》されて近づくと、あっという間に餌食《えじき》になる。

どんなに美しくても、優しそうでも、獣は獣だ。

「今日も書類が山積みだな」

「そうですね。シャキシャキ仕事しないと終わりませんよ」

執務室で仕事の話をしていると、杉原が何やら言いたげに見ているのがわかった。

「なんです？」

「やっぱり、お前ってわからないなと思ってさ。昨日のお前って本当にお前？」

「何がです？」

昨日は、杉原のマンションに行ってセックスをした。さすがに躰が慣れてきて、苦痛よりも快楽が勝るようになってきた。初めは声を押し殺し、漏れるのは痛みを堪える声ばかりだったが、今は違う。後ろに手を伸ばされると、期待に心が濡《ぬ》れる。あんなにつらかったのに、こうも簡単に慣れるものかと思うほど、躰は杉原に抱かれることを覚えていった。

甘い声もあげている。自分が、変わっていく。

急速に変化する自分に戸惑いはあれど、好きな男の手により自分を変えられることは、喜びでもあった。

「昨日とのギャップが……。あんなふうにさ……俺に縋《すが》り……」

「ルール違反ですよ。仕事中にそういう話はしないでください」

「そんなルールは決めてないだろ。でもまぁ、確かにこういうことをルーズにすると、ずるずるいきそうだもんな。悪かった。もう言わないよ。約束する」

「そういうことでお願いします」

安堵《あんど》するが、杉原の視線が自分に注がれているのがわかった。いたたまれないが、顔を見ると一気に本音が顔に出てしまいそうで、視線は合わせない。

（だから、ルール違反です）

言葉にしなくても、視線が約束を破っている。

そして、昨夜の杉原を思い出して心臓が落ち着かなくなった。

昨日の杉原は意地悪で、桐谷に今どんな感じなのか、執拗《しつよう》に聞いてきた。ちゃんと気持ちいいのか、どこがいいのか、どうして欲しいのか、もっとして欲しいのか、待って欲しいのか。

まるで、桐谷の心の奥底を見ようとしているかのようだ。

躰だけじゃなく、心まで支配しようとしているようだった。すでにこの心はあなたのものなのに……、と思いながら、意地悪に自分を調べ、探り尽くそうとする杉原を見上げながら快楽に溺れることがどれだけ快かったか……。

（思い出すな）

頭の中から、昨夜の記憶を叩《たた》き出し、無表情に徹する。

「ところで、午後一の取り調べは強姦《ごうかん》未遂だったよね」

「そうですね。罪は全面的に認めているそうなので、そう難しい相手ではないかもしれませんが」

女性を力でねじ伏せて自分のものにしようとする、卑劣な犯罪だった。被害者は、ＯＬの元《もと》村七恵《むらななえ》。一人暮らしをする自分のマンションで、被害に遭っている。こういった犯罪は、いやでも気合いが入った。常に冷静でいなければならないのはわかっているが、犯罪を憎む心が悪いとは限らない。

時間になると、執務室に被疑者が連れてこられる。

入ってきたのは、吹田章二《すいたしょうじ》という四十代半ばの男性だった。過去に窃盗《せっとう》で何度か逮捕されており、ギャンブル依存症で服役もしている。今はタクシー会社で働いているが、あまりいい稼ぎにはなっていないらしい。

窃盗の余罪もあるが、他にも女性に対して性的暴行を加えた疑いもあった。今回の事件が初めてだと思えないほど用意周到で、手慣れた印象がある。被害届を出されないよう、写真まで撮ろうとしていたのだ。ただ、親告罪のため被害者は訴えを取り下げている可能性が高く、事件にはなっていない。

「では、さっそく始めましょうか」

先ほどの会話など嘘のように、杉原はすぐに検察官の顔になった。

尊敬する部分でもあり、好きになるきっかけでもある顔をチラリと見てから、自分も見習わなければと気持ちを引き締める。プライベートではセックスフレンド止まりだが、検察事務官として、より相応《ふさわ》しい相手になることはできる。

「全部俺がやった」

供述内容の確認に、吹田はそう言った。全面的に罪を認めている。物証も揃っており、起訴するだけの材料は揃っていた。犯人の特徴である頬のホクロもある。

事件が起きたのは、今から二ヶ月ほど前だ。元村の住む単身用のマンションに侵入し、寝ている彼女を何度も殴り、縛って行為に及ぼうとしている。しかし、かろうじて意識を取り戻した彼女に抵抗され、未遂に終わっている。さらに、左頬下部に大きめのホクロがあることが目撃されていた。

元村は護身術を習っている女性で、性的被害がなかったため被害届を出した。反撃した時に、肋骨《ろっこつ》辺りに怪我を負わせたと証言している。その時に、彼女は手首を負傷した。普段どんなに鍛え、備えていようとも、いざ男に襲いかかられると、恐怖で躰は思うように動かなくなる。それほど男と女には力の差があるのだ。だからこそ、こういった犯罪を許すことはできない。

「間違いはないですか？」

「ああ、言っただろ。俺がやった。全部本当だよ」

どんよりした目で、吹田はそれだけ言った。人生を諦《あきら》めた人間の目だ。そして、誰のことも信じていない。こういう人間は多く見てきた。人生が上手くいかず、自分だけが損をし、自分ばかりが苦労していると思い込んでいる。そんな考えが、周りの人間も一緒に落ちればいいという考えに向かい、犯罪に手を染めてしまう。

「なぜ女性に暴行しようと思ったんです？」

「知るか。むしゃくしゃしてたからやったんだ」

「それにしては計画的ですね。写真を撮ろうとしたんでしょう？　あとで愉しむつもりだった？　それとも、被害者が告訴しないよう裸の写真を撮っておこうと思った？」

「どっちもだよ」

「途中で我に返らなかったんですか？　せっかくタクシー会社に就職できたのに」

「あんなもん、ただ働き同然だ。客は偉そうなのばっかでよ」

「なるほど」

そう言うと、杉原は考え込んだ。なぜか、納得していないような顔だ。人差し指と中指でボールペンを挟んだ指先だけで、上下に揺らしている。手が滑り、それは被疑者の前の床に転がった。

「あ、すみません。拾ってくれます？」

杉原が言うと、吹田はじっと睨《にら》んでから渋々椅子《いす》から立ち上がった。そして、面倒臭そうにそれを拾って杉原に渡す。

「ありがとうございます。あ、それからちょっと脇腹見せてもらってもいいですか？」

「はぁ？」

「脇腹。ほら、早く」

杉原は立ち上がって被疑者の前まで行くと、シャツをたくし上げるように言ってから脇腹の辺りをしげしげと眺めた。わざわざボールペンを拾わせておいて、今度は自分から近づいていく。吹田にすればからかわれているようで面白くないだろうが、きっとこれらの行動には意味がある。

「ちょっと触っていいですか？」

「ああ」

本人の了解を得ると、手のひら全体で肋骨の辺りをぐっと押した。

「やめろ、くすぐってぇ」

「すみません。怪我は大丈夫かと思って。護身術で反撃されましたよね。どうでした？　痛かったです？」

「まぁな」

「病院は行ってないんですね。治りは早いんですかね」

「そうなんだろ」

どう見ても起訴に値する案件ではあったが、杉原がまだそうするつもりがないのはわかった。これは現場だな……、と覚悟を決める。今日の取り調べがすべて終われば、またつき合わされる。それも仕事だと腹を括《くく》った。もう慣れた。

吹田が出ていくと、桐谷はすぐに質問を浴びせた。

「何か引っかかることでもあるんですか？」

「う〜ん、なんか、ね……」

証拠は十分揃っていて、被疑者は罪を認め、被害者は面通しで自分を襲ったのは吹田だと証言している。これ以上、何が必要というのだろう。

だが、杉原は闇雲に起訴を保留にはしない。杉原の何かが『待った』をかけた。

「気になるのは、自白の内容が優秀すぎる点かな。理想的な供述だ。逮捕まであれだけ手こずってて、これってちょっと不自然な気がする」

「そうですね」

「初動が悪かったわりに、証拠も山ほど出てる」

そこまで聞いて、まさか……、と眉をひそめた。あまり考えたくないケースだ。

「確かに、アリバイはないけど、仕事は休みだった。この時間なら寝ている人も多いだろうし、自然なことだ。それに、被害者は反撃してる。でも、その痕跡がなかった」

「怪我は治ったんじゃないですか？　時間経ってますし」

「そうなんだよね。肋骨にヒビが入るくらいやってくれてたらなぁ。でも手首の骨にヒビが入るくらいの衝撃はあったんだよね。それに、怪我について聞いても、はっきりしない」

無実の人間が、全面的に罪を認めてしまうことはある。

自分はやっていないといくら訴えても、物証が示す犯人が自分以外の誰でもなく、誰も自分を信じていないと諦めた時、そんな絶望が無実の罪を認めさせるのだ。支える家族や友人がいない被疑者に、それは比較的よく起きる。

取り調べの可視化が求められるようになってきたが、現実にはまだ理想とはかけ離れていて、そうやって罪を認めさせられた被疑者が強引に送検される事件がまったくないとは言えないのが、現実だ。そして、一度起訴した事件を見直すことは、タブーとされている。

だからこそ、杉原は起訴前に徹底的に調べるのだ。

「それに、窃盗とギャンブル。これまでの吹田のデータからは、婦女暴行のイメージがないんだよ」

「確かにそうですね。居直り強盗になりそうな場面もありましたけど、顔を見られて逃げてます」

「過去の犯罪歴から、吹田と暴力が繋《つな》がらない。気を失うまで女性を殴ることができるタイプじゃない気がする。それに、右利きだったけど、被害者の女性が殴られたのは、殆《ほとん》どが右側、つまり、左利きの男に殴られてる」

さっきのボールペンは、やはり狙ったものだった。咄嗟《とっさ》にどう行動するのか、見てみた。

吹田は右手で拾った。

「ねぇ、仕事が終わったらつき合ってくれる?」

「現場ですね」

「そ。現場。好きだろ?」

「別に好きじゃないですよ。必要とあればどこでもついて行くってだけで」

「じゃあ決まりね。お前がいてくれると頼もしいし」

サラリと言われた言葉に、思わず反応した。深い意味はないとわかっていても、こだわってしまう。

「なんですか、急に」

「これでも頼りにしてるんだぞ。お前、鋭い意見を言うことも多いし、傍にいてくれると助かるよ」

嬉《うれ》しい言葉だった。

何度躰の関係を結んでも武井《たけい》にふられた杉原の心までは埋められないが、仕事の面でならいくらでもサポートできる。別の方面なら、杉原にとって必要な存在になれるのだ。

がんばろうと思った。

恋愛対象になれずとも、仕事の面でならかけがえのない存在になれる。必要不可欠な存在になれる。それは、肉体関係止まりの桐谷にとって、救いでもあった。

好きな男の重みを感じるだけで、こんなにも追いつめられる気分になるのは、初めてだった。躰の関係を持ったからこそ、感じる焦燥だ。

「杉原さん……」

桐谷は、暗い部屋で自分に襲いかかる杉原を見上げていた。二人きりの空間で上から見下ろされていると、危機感がより高まる。

「で、ここでこうやって、被害者を脅したんだよな」

「そうですけど、これ……実演する意味はあるんですか？」

「意味があるからやってるんだろ」

二人が何をしているのかというと、事件当日の再現だ。被害者の元村を演じているのは桐谷で、杉原が犯人役だった。体格は違うため、完全な再現とまではいかないが、それでもある程度の検証はできる。

元村はすでに実家に引っ越しをしており、部屋は空き部屋のままだったため使わせてもらえることになった。事件当夜に合わせた時間、天気、カーテンの素材も同じにしてできるだけ同じ状況を作っている。

供述書には、どうやってナイフで脅しながら手を縛り、殴って彼女の気を失わせたかが書かれてあった。侵入の手口は空き巣の時と同じで、集合住宅を一軒一軒回っていき、鍵をかけ忘れている部屋に侵入するといったものだ。

女性を狙った強姦事件でも、このような手口で侵入するのはめずらしくはなかった。

「ベッドの幅がこのくらいで、頭はこっちに向けて寝ていた。ってことは、こっちが壁。殴りにくいよね」

「被害者は、ナイフは右手に持ってたと証言してます」

「そうなんだ。顔の傷からすると明らかに左利きだったのに。ナイフは邪魔だったみたいで、いったんしまったんだよね。ナイフ持ってたから利き手と逆で殴ったってのも違うし」

「両利きなのかもしれません。箸は右、字を書く時は左、とか」

「まぁね。そういうのもあるから、ボールペンを拾わせたんだけど。字は右で書いてたのは間違いないけど、他はどうかなと思って。もっといろいろ試せたらよかったんだけど」

できれば怒らせて殴りかからせたかっただろうが、さすがにそこまで他人をコントロールすることはできないだろう。

「顔はどう？　見える？　俺ってわかるかな？」

「まぁ、見えますけど、俺は杉原さんをよく知ってるから。カーテンは遮光じゃないけど、この時間でこの天気。照明の類《たぐ》いはなし。しかも、パニックになってるでしょうし」

「だよなぁ。ここ六階で外灯の明かりが差し込む高さじゃないし、かなり暗いよね。よく面通しできたよね。特徴的なホクロが決め手にはなったんだろうけど」

杉原は、窓の外に目を遣った。事件当夜は、雨が時々降っていた。新月に近く、雲の間から顔を覗《のぞ》かせたところでほとんど明かりとは言えない。

「あの……とりあえず、退いてくれませんか?」

桐谷にのし掛かったままの格好で真面目に考え込む杉原を下から見上げながら、桐谷はできるだけ気持ちが表に出ないよう、冷静に言った。

「ああ、ごめん」

すぐに退いてくれたが、一度意識すると、そう簡単には平常心に戻れない。乱れたスーツを整えながら、心音が収まるのを待つ。

「何?」

「いえ」

「やらしいこと思い出した?」

「……っ、何、言うんです。馬鹿馬鹿しい」

そう言ったが、当たっていた。つい、昨夜のベッドでのことを思い出していた。

不謹慎だぞ……、と自分を戒める。実際に起きた事件で、被害者がいて、そのシーンを再現しているだけだというのに、ベッドでのことを思い出すなんて、申し訳ない気分になる。

「そんな顔するなって。ごめん、不謹慎だったね」

「いえ。別に気にしてません」

杉原は、軽く口許を緩めた。優しげな表情に、心揺らされる。仕事の面だけでも杉原に見合う男になりたいのに、こんなふうに乱されるなんて理想とはほど遠い。

しっかりしろ、と自分を叱咤《しった》し、もう一度気持ちを引き締めた。

「じゃあ、とりあえず次行こうか。奴の勤め先」

「はい」

それから二人は、吹田が勤めているタクシー会社に行った。事前に電話で連絡していたため、すぐに社長が出てくる。小さなタクシー会社で、従業員たちは全員の顔を知っているというくらいの規模だ。

「すみません、お仕事中に」

「いや〜、検事さんも捜査されるんですね。テレビの中だけかと思ってました」

「まぁ、必要とあらば」

事務所には二十四時間社員が待機しており、配車係らしい男性が事務所にいた。話を聞いている最中も電話は時々掛かってきて、応対している。

「確かに前科持ちだが、そういう奴にもチャンスを与えてやるのも人情だと思って雇ってやったのに、こんな事件起こしやがって、本当に迷惑な奴だよ」

警察の調べどおり、勤務態度はあまりいいとは言えず、客とトラブルになったことが何度かあった。口数が少なく、同僚たちとも話をしない。できれば関わりたくないと、誰もが思うようなタイプだ。

「ギャンブルはやめられなかったみてぇだな。家族にもそれで見限られて、天涯孤独って感じの荒《すさ》んだ雰囲気は持ってたし、また犯罪に走るのも仕方ないのかねぇ」

「親しい人っていたんですか？」

「あー、そうそう。親しいってほどじゃないけど、一番よく話してたのは、太田《おおた》って奴でシフト終わってっから、聞いてみたらいいよ。おーい、太田どこだ～」

呼ばれて出てきたのは、四十代前半から半ばくらいの男だった。背格好は吹田と似ているが、ニコニコと愛想がよく、印象はかなり違った。どちらの男が運転する車に乗りたいかと聞かれたら、九割以上の人間が太田を選ぶだろう。

「すみません、わざわざ待っててくださったんですか？」

「いや、いいですよ。捜査に協力するのは、市民の義務ですから。だけど、あの人が事件を犯すなんてショックですよ。前科がある人だけど、きっと立ち直ってくれると思って俺もなるべく声をかけてたんでねぇ」

「こいつは面倒見がよくってさ～」

社長は、まるで自分の息子でも紹介するように自慢げに言い、太田の背中をバンバンと叩いた。

「太田さんからご覧になった吹田についてですが……」

話がしやすいようにと、雑談を交えながら太田にもいくつか質問した。主に聞くのは杉原だが、何かヒントになることがあるかもしれないと、言葉の一つ一つに気をつけてメモに残していく。太田からは特に新しい情報は引き出せず、二十分ほどでタクシー会社をあとにした。無言で駅に向かって歩く杉原の思考の邪魔にならないよう、黙ってついていく。

「なぁ、桐谷」

「はい」

「明日、被疑者から話を聞いても、今日と同じことしか言わないだろうな」

「そうですね。明日も起訴は見送りですか」

「そうなるね」

軽く言うが、これだけ証拠の揃っている事件を起訴保留にして取り調べを続けるのは、そう簡単なことではない。もちろん、起訴するかどうかの判断は検察官に委《ゆだ》ねられるためどうするかは自由だ。けれども、それは表向きのことだとも言える。

今、杉原がしていることは警察のメンツを潰《つぶ》しているのと同じだ。少なくとも現場の刑事はそう思うだろう。何故起訴しないのかと、近々警察からプレッシャーがかかるに違いない。

これまでも、何度かこういうことはあった。警察の強引な取り調べにより、比較的軽微な犯罪を認めてしまい、余罪として起訴されたケースだ。杉原は警察の間違いを発見し、余罪のいくつかが別の人間の犯行だと見抜いた。

もちろん、正義感溢《あふ》れる警察官も多いが、そうじゃない人間もいる。

疑問があれば、警察に調べ直しを依頼することもあるが、今回それすらしなかったのは、やはり警察の強引な取り調べを疑っているのだろう。

自分の足を使うということは、信用していないと取られても仕方がない。

「いつもつき合わせてごめんな」

「いえ。仕事ですから」

「今日、うちくる?」

「え……」

まさか誘われるとは思っていなくて、思わず立ち止まって杉原を見た。腕時計で時間を確認するその姿に、杉原の想い人の存在を意識させられる。部屋に誘われている状況で、この男の心はお前のものではないのだと念を押されるのは、複雑だった。

「ご飯食べて帰ろうか?」

サラリと言われ、今日はどこまでのつもりだろうと思ってしまい、自分が何かを期待していることに気づいて恥ずかしくなった。けれども誘いを断る潔さはなく、その日は杉原とともに夕飯を摂り、帰りにマンションに立ち寄る。

セックスはしなかった。

やはり、起訴保留はすぐに警察の目に留まった。上司を通じて警察からなぜ起訴が遅れているのか聞かれたが、解決したい疑問があると答えただけで具体的なことは言わなかった。

さらに数日が経ち、それでも起訴を見送る杉原に、業を煮やしたのだろう。担当の刑事が杉原に会いに直々にやってきた。

五十代と三十代半ばの二人組で、年配のほうは白髪の交じった短めの髪でいかにも刑事という風貌だ。若いほうも、自分たちの仕事に難癖つける男が、どんな顔をしてるのか見てやろうという気持ちが表情に表れている。

「杉原検事」

「あ、どうも。今日はどういったご用件で……」

廊下で捕まった杉原は、社交的な態度でそう言った。だが、刑事のほうは違う。特に年配の刑事は、この若造が自分の送検した被疑者をいつまでも起訴せず、自分の足で捜査していると聞いて難癖つけられたとしか思っていない。自分の仕事に口を出す若造は、面白くない存在でしかないようだ。

「あの事件が起訴保留になってるのは、どういうことなんだ?」

「解消したい疑問があるからです」

「おい、あんた。俺たちの捜査に難癖つけるのがそんなに楽しいか？　え？」

年配の刑事は、脅すような口調で杉原につめ寄っている。

「そんなことはないですよ。ただ、確かめたいだけですから」

脅したいのか、刑事は「ふん」と鼻を鳴らすと唇を歪《ゆが》めて嗤《わら》いながら杉原をじっと見ていた。気の小さい者なら、そうされただけでおどおどするだろう。しかし、杉原のほうは笑顔を崩さない。

「まぁいい。どう調べたってたいした事実は出てこないだろ。時間の無駄だよ」

「ま、がんばってよ、検事さん」

若いほうの刑事が、杉原の肩をポンと叩いた。眉間《みけん》にシワを寄せる桐谷に気づいて、挑発的に言う。

「何？　こっちの事務官は何か言いたげだけど」

「いえ。なんでもありません。激励感謝します」

慇懃《いんぎん》な態度にムッとしたようだが、さすがにそれ以上は絡んではこなかった。

「ま、お手並み拝見だな。行くぞ」

年配の刑事がそう言うと、二人は意外にあっさりと帰っていった。その後ろ姿を眺めながら、たったあれだけのことを言うためにわざわざ出向いたのは、それなりに後ろ暗いところがあるからだと考えてしまう。それは、杉原も同じようだった。

「なんかありそうだね。何を隠してるんだろう」

「いいんですか。敵愾心《てきがいしん》剝《む》き出しでしたよ」

「お前だって、こんなことで怖《お》じ気《け》づかないくせに。お前のその鉄仮面で『激励感謝します』って、結構カチンとしたと思うよ」

完全に睨まれただろうが、杉原は少しも気にしていない。むしろ、この事件はそう簡単に起訴してはいけないと改めて思ったようだ。釈然としないまま起訴することは、絶対にないだろう。納得のいく材料が見つかるまで、徹底的にやるつもりだ。

それなら、とことんサポートする。常に行動をともにする事務官だからこそ、できることはある。

「ところでさ、頼みがあるんだ」

「なんです?」

「今日、夕飯つき合ってくれないか?」

夕飯なんて何度も一緒に食べているのに、なぜ改まった態度で言うのか——。

「今回の事件、俺がずっと起訴を保留にしてるのが武井の耳にも入ったみたいで、心配して今日こっちに来るんだよ」

「わざわざ、ですか?」

「ああ。あいつ、心配性なところがあってさ。でも、まだ二人で会う気にはなれないんだ」

はは……、と笑いながら頭を掻《か》く杉原を、じっと見てしまった。

まさか、そんなことを言うなんて信じられなかった。刑事の脅しに少しも動じない男が、こんな頼りない声を出すのだ。武井が絡むと、こんなにも人間臭くなる。それだけ好きだということだ。杉原ほどの男でも、まだ割り切れずに引き摺《ず》るのかと、その想いの深さに驚かされる。

武井への想いがどれだけのものなのか知っていたつもりだったが、十分ではなかったようだ。杉原の特別は、自分の想像する特別よりももっと特別だということが、今わかった。

「わかりました。いいですよ」

「本当？　ありがとな。もちろん奢《おご》るからさ」

「じゃあ、ご馳走《ちそう》になります」

なぜ、承諾したのかわからなかった。目の前で二人を見るなんて、我ながら自虐的な行為だと思う。行っても楽しいことなど一つもないとわかっているが、断れなかったのは、それらを打ち消すほどの想いがあるからだ。

それでも一緒にいたい。

いや、違う。二人がどんなやり取りをするのか、監視したいのかもしれない。恋人でもないのに、自分のいないところで二人が会って何を話すのか気になるのだ。

ただのセックスフレンドなのに、こんなふうに考えているなんて知られたらきっと嫌悪される。杉原がどんな人格者でも、さすがに笑って流せるとは思えなかった。

「どうかした?」

「あ、いえ」

今さら断ることもできず、そうする度胸もなく、一緒に武井に会いに行くことになる。

「よし。そうと決まれば、今日は仕事がんばるぞ」

「いつもがんばってくださいよ」

「なんだよ、いつもがんばってるだろ」

「今、『今日はがんばろう』って言ったじゃないですか」

「言葉のあやだろ。もー、お前ってほんっと厳しいよな。あ、店は八時に予約してるから」

二人で会うのはつらくても、やはり会えるのは嬉しいのだろう。杉原は、どこか浮かれて見えた。複雑ですね、と思いながら、自分も似たようなものだと嗤う。

「刑事が喧嘩売りに来たって言ったら、武井さんなんて言いますかね」

「それ言うなよ」

心配をかけまいとする杉原に武井が羨《うらや》ましくなり、わざと冷めた目を向けてしまう。

「あ、その目。本当に言うなよ、あいつ本気で心配するから」

「わかりました。心得ておきます」

「本当? なんかしれっと言いそうだなお前」

「じゃあ、俺は遠慮しましょうか?」

「なんだよ意地悪だな。ついてきてくれるって言っただろ」

「口が軽いと思われてるみたいなので」

「思ってないよ。そんなふうに思ってないから来てくれよ。お前、今日すごく意地悪」

困っている杉原も、魅力的だった。

事件に向き合う時の杉原も、茶目っ気のある杉原も、好きだ。自分の気持ちを嚙《か》み締めるにつれ、杉原に想われている武井が心底羨ましくなり、寂しい笑みを漏らした。


約束の時間ギリギリまで書類仕事をしてから、桐谷は杉原とともに待ち合わせの居酒屋へと向かった。案内された個室では先に到着した武井が待っていて、席につくとビールと料理を注文し、乾杯してからつき出しをつまみに早速飲み始める。

「お疲れ様です。すみません、二人とも。忙しいのに……」

武井は、突然一緒に来ることになった桐谷にも気さくに話しかけてきた。杉原の社交性とは少しタイプが違うが、自分よりも遥かに人間的な魅力がある人だとコンプレックスを刺激される。

「お前と一緒に飲むのって、久しぶりだな」

「そうですね。まさか杉原さんの事務官ともお話しできるなんて、思ってなかったです」

「すみません、突然来てしまって」

「いえいえ。大歓迎ですよ。色々と話も聞きたいですし」

武井は、物腰の柔らかい優男の外見どおり、人当たりもよかった。だが、優しいだけではない。芯の強さを思わせる目をしている。

向上心が強いと聞いているが、少し話しただけでもなんとなくそうなのだろうと納得できる人物だった。ちょっとした会話の端々に、仕事に対する厳しい姿勢が窺《うかが》えるのだ。

また、桐谷に対する気遣いも上手く、二人にしかわからない話が出てくると、さりげなく説明してくれる。いいタイミングで桐谷にも質問を浴びせたりと、コミュニケーション能力は高そうだ。こういうところが、取り調べに必要なスキルにも繋がるのだろう。

「桐谷さんは、杉原さんと組んで長いんですよね？」

「ええ、もう二年近くになります」

「じゃあもう慣れたもんですね、杉原さんのやり方に。苦労が多いでしょう？」

わざと含んだ言い方をする武井に、杉原が抗議する。

「なんだよそれ。俺そんなにお前を厳しく指導してないぞ」

「でも、杉原さんについてた頃って忙殺される日々でしたよ。当時の事務官も、よく愚痴を零してましたし。桐谷さんも、現場に連れ出されてるんでしょう？　不満があるなら今言っといたほうがいいですよ」

「それが仕事ですから。やり甲斐《がい》もあります」

言ってしまってから、ここは一緒になって杉原に不満をぶつけて会話を弾ませる場面なのだと気づいた。仕事の面だけでも杉原に見合う男になりたいと思うあまり、意欲を見せるようなことを口走ってしまった。さぞかし感じの悪い男だと思っただろうと、気の利かない自分に落胆せずにはいられない。

けれども武井は、そんなことは気にしていないようだった。

「そっか。桐谷さんってストイックそうですもんね。へぇ、じゃあいいコンビなんだ」

噛み締めるように言われ、複雑な気持ちだった。この場面すら、上手く立ち回ることができないのだ。武井との差を思い知らされ、本当に嫌になる。

人としての魅力の差だ。

「ところで、このイカの天ぷら美味しいんですけど。塩とカレー粉って初めてですよ」

「だろ？　抹茶と塩混ぜたのはよくあるけどな。そういやお前、鯖《さば》好きだったろ？　鯖の押し寿司あるぞ。握りより押し寿司がいいんだったよな」

「ええ、よく覚えてますね。大好物ですよ」

「じゃあ、追加するか。酒はどうする？　日本酒いくか？」

「ええ、ちょっと飲みたいです。桐谷さんは、どうします?」

「じゃあ、俺も日本酒で」

二人のやり取りを見ながら、いかに二人が親密な師弟関係にあるかを見せつけられるようだった。新人の頃に可愛がって指導していたというだけある。食べ物の好みまで知っているのだ。

杉原の検察事務官になって長いが、おそらく自分の食べ物の好みは知らないだろうと思うと、当たり前だとわかっていても、傷ついてしまう。

今になって誘わなければよかったと後悔しているのではないかと、杉原の心情を想像し、居心地が悪かった。そして、武井も新人の頃に世話になった先輩検事と水入らずがよかったのではないかと勘ぐってしまう。頼まれて来たとはいえ、自分が邪魔な存在にしか思えず、惨めな気持ちになった。

それでも、二人がどんな会話をするのか聞きたくて、席を外すこともできない。恋人でもないのに嫉妬心《しっとしん》を覗かせて監視するような真似をしている自分が、嫌でならない。

「杉原さんって妥協しないけど後先も考えないから、警察に煙たがられることも多いでしょう?」

「え?……ええ、まぁ」

「おい、そこ否定しないのか」

「だって本当のことでしょう?」

「昔からそうでしたよね。全然変わってないなぁ」

懐かしそうに目を細める武井を見て、胸にもやもやしたものが充満した。そんな話は聞きたくない。いや、武井の口から聞きたくないだけで、自分と知り合う前の杉原のことは知りたい。滅茶苦茶だ。

「お前だって、絶対妥協なんかしないくせに」

「いいお手本について仕事を覚えたもんで」

「俺のせい？　もともとの性格だろ」

「そうですけど、影響がないなんて言わせません」

二人の仲が親密だと見せつけられるほど、胸の痛みは増す。いい加減、何か理由をつけてこの場を後にしたほうがいいという気になってきた。もう、十分に見た。

しかし、そうしようとした瞬間、どこかで携帯のバイブ音が鳴る。

「あ、すみません。電話が入ったのでちょっと失礼します」

武井はそう言って、慌てて席を外した。二人になると、杉原と目が合う。何か言わなければと思うが、何も思いつかない。

「何？」

「平気ですか？」

「何が？」

「普通に会話してますけど、無理してるのかなと思って」

何を言い出すのだと思いながらも、止められなかった。いつもこうだ。余計なことを口にしてしまう。そのくせ、肝心なことは言葉にできないのだ。

「無理なんてしてないよ。案外平気だ。お前がいるからかな」

「そりゃ邪魔者がいたら当然ですよ。そのために俺を連れてきたんでしょう？　まぁ、美味しいもの食べられるからいいですけど」

「可愛くないなぁ」

「男が可愛いと言われて喜ぶと思ってるんですか」

「ほら、その言い方。ったく、そんなんだからお前は周りと溶け込むのに時間がかかるし、誤解されがちなんだよ。もう少し優しい言い方できないかな」

「武井さんみたいにですか？」

言ってしまって、しまったと思った。何もこんな嫌みな言い方をすることはない。

「すみません、変なこと言って」

「なんでお前が謝るんだよ。あれ、もしかして傷ついた？　だったらこっちこそ……」

「いえ、全然傷ついてません」

「やっぱり可愛くないな」

「傷つけたいんですか。杉原さんってSなんですか」

「Sはお前だろう。言い方が可愛くないって言っただけだよ。傷つけたいなんて言ってないのに。ま、そういうところがお前なんだけどね」

　杉原は、笑った。

（そんな顔、しないでください）

　これだから、誤解しそうになるのだ。誰にでも優しいから、そんな顔を見せるから、少しは自分にも可能性はあるのではないかと思ってしまう。そんなことはないのに。杉原は、ただ一人の相手を想い続けているのに。

　それこそ、二人で会うのに躊躇《ちゅうちょ》するほど……。

　杉原の表情に魅入られていた桐谷は、いつまでも見惚《みと》れずにはいられない自分の視線を無理矢理他へと移した。頬が熱くなり、日本酒を呷《あお》る。手酌で注《つ》ごうとしたが徳利を奪われ、酒を注がれる。また目が合った。

「今日はいいペースだな。桐谷ってこんなに飲む奴だっけ？」

「そういう時もあります」

　その時、武井が戻ってきた。

「遅かったね。何？　つき合ってる彼女？」

「すみません」

　照れ笑いする武井を見て、すぐに杉原がどんな顔をしているか盗み見てしまった。杉原は自分が様子を見られることは予想していたようで、見るなよ、と流し目を送ってくる。その表情にまた心臓が小さく跳ね、視線を逸らした。

「ったく、いいなぁ。どんな女だよ。俺にも紹介しろ」

「ええ、そのうち会ってください」

どんなに優しくしてくれても、言動のところどころに武井への思いを感じる。自分とは比べものにならないくらい、武井のことを大事にしているのがわかる。当たり前だ。

「もったいぶるなよ。今日連れてくればよかったのに」

「無理言わないでください。それより、大丈夫なんですか？　刑事に睨まれるようなことをまたしたんですって？」

ようやく今日の本題に入る武井に、桐谷はまたその反応を横目で見る。

杉原は、困ったような顔をしていた。心配をかけたくないという気持ちが、表情に表れている。けれども、この話に触れないままでいられないこともわかっているようだ。もともとこの話をするために、東京まで来たのだ。観念したとばかりに、話しはじめる。

「どうしても釈然としなくてね」

「どういうことです？」

「実は……警察の取り調べに問題があったんじゃないかって思ってるんだ」

それだけで、武井は察したようだ。杉原が直面しているものが、一つの事件で終わるような単純なものではないことを……。

回避できないことはない。だが、それを許さない男だということもわかっている。真っ向から挑むしかない。とてつもない困難を伴うことも、予想できる。

しかし、武井はふと口許を緩めた。

「だったら、とことんやるべきですね」

柔和な顔立ちの男に、違う一面を見た気がした。心配はしているだろうが、多少の保身くらいはすべきだと止めるどころか、けしかけるようなことを口にしている。その表情に浮かんでいるのも、全面的な支持だ。

（これか……）

桐谷は、ぼんやりと思った。

ただ優しいだけじゃない。杉原と武井は、同類なのだ。同志で、ともに同じ信念を持ち、支え合える仲だと言っていい。きっと、ここに惚れたのだろうと思う。単なる恋愛感情だけではない。人間的に信頼し合えるという基盤があってこその、想いだ。

割り込めるわけがない。

「なんだよ、拍子抜けしたな。小言を言われるかと思ったよ」

「俺が杉原さんにですか？　まさか。心から応援してます。本当はなぜ起訴保留にしてるのかなんとなくわかってたんで、それだけ言いたかったんです」

「電話で済むだろ」

「ちゃんと顔を見て言いたかったんですよ。久しぶりに会いたかったし」

この言葉が、杉原をどれだけ喜ばせているのだろう――そう思うと、苛立《いらだ》ちを覚えずにいられなかった。所在なく、皿のだし巻き卵を口に運ぶ。出汁《だし》をたっぷり利かせた卵は柔らかく、厚みがあって、わさびとの相性がよかった。

二人の信頼関係を見せられながら、場違いな自分が一人だし巻き卵を味わっているのが滑稽《こっけい》だった。

「桐谷さんも大変でしょうけど、この人を頼みますね」

「え……？」

「杉原さんを頼みます」

その言葉に、どんな裏の意味も籠《こ》められていないことは、わかっている。それでも、心の中はもやもやしたものでいっぱいになった。

つき合っている女がいるくせに。

杉原の気持ちにすら気づいていないくせに。

武井のような気持ちのいい男を相手に、こんなことを考える自分が醜く思えてならなかった。

それでも、反発する心はどうしようもない。

言われなくても、全力で尽くす。

誰よりも、杉原の力になれる検察事務官になる。そして、せめて仕事のパートナーとして、最高だと言ってもらえる存在になる。

自分には、そのくらいしか可能性はないのだから。

「もちろん、全力でサポートします。道連れになる覚悟くらい、できてますから」

かろうじて苛立ちを言葉にしなかったが、そのせいで感情が籠もらない言い方になったかもしれない。感じの悪い奴だと思われただろう。

けれども、今の桐谷はそう言うのが精一杯だった。


杉原たちと別れて自分のマンションに戻った桐谷は、つい先ほどまで一緒にいた男のことを考えていた。

武井が相手なら、好きになって当然だ。もともと男も抱けると言っていた杉原だ。後輩として指導し、長い時間をともに過ごしてきたのだから、そうなるのが自然だと思える。一緒に飲んで、それを痛感した。敵わない相手だとも思う。

何もかも、あの人に負けている。

桐谷はしばらく何もする気になれず、スーツの上着だけ脱ぎ、ネクタイを緩めてベッドに腰を下ろしてぼんやりしていた。普段はあまり飲まない酒を口にしたのも、そうなる理由の一つだろう。

アルコールには強いほうだが、プラスにもマイナスにも感情の揺れ幅が大きくなる。こんな時に酒なんて飲むものじゃない。

しばらくそうしていたが、ふとチャイムが鳴っていることに気づいた。今初めて鳴ったのか、ずっと鳴らされていたのかはわからない。億劫《おっくう》だったが、深く考えもせず、桐谷はフラフラと歩いていき、インターホンに出た。そして、映ったものに目を見開く。

「お〜い、桐谷ぃ〜」

陽気な声とともにインターホンを覗き込む杉原が、目に飛び込んできた。初めて抱かれた日を思い出す。しかし、今日はあの時のように泥酔していない。軽く酔ってはいるが、理性はちゃんとある。

気持ちがこんな状態だ。帰ってもらったほうがいいと思うが、桐谷は応答ボタンを押していた。

「なんです?」

『なんですじゃないよ。ここ開けてくれ』

「武井さんはどうしたんですか?」

『帰ったよ。いいから開けてくれ』

素直にオートロックを解除した桐谷は、それでも会いたいかと自分に呆《あき》れ、観念した。

しばらくして、玄関のチャイムが鳴る。一瞬、本当に杉原だろうかと思いながらドアを開けるが、やはり本物で、なぜこんなところにいるのか理解できずに冷たく言ってしまう。

「どうかしたんですか？　さっき別れたばかりなのに」

「いや。なんかお前ちょっとおかしかったからさ。もしかして、具合でも悪かった？」

まさか、そんなふうに思われているとは思っていなくて、どう返事をすればいいかわからなかった。

「いえ、俺愛想なかったですかね？　なるべく気をつけたつもりですけど」

「愛想ないのはいつもだろ」

ずけずけと言われるが、嫌な感じはしない。

こういう言い方をする時は、むしろ愛情を感じる。もちろん、武井に対するものとは種類が違うが、それでも胸の奥に温かいものを感じる。

「無理につき合わせてしまったかなと思ってさ。それに、体調崩してるなら、放っておけないと思って。お前、電話で聞いてもどうせ大丈夫って言うだろ。だから、直接確かめにきた」

「わざわざそんなことしなくていいのに」

目を逸らし、わざと不機嫌そうに言う。

嬉しかった。

同僚としてでも、そんなふうに心配し、気にかけてくれたことが嬉しかった。その程度の価値は、自分にあるということだ。少なくとも、こうして来てくれた。

言葉が途切れ、何を言っていいかわからず黙りこくってしまう。

そして、ふと、杉原の視線に気づいた。何か言いたげに見ている。

「なんです?」

「『道連れになる覚悟くらい、できてますから』だって?」

杉原は、ニヤリと笑った。

その表情に、心臓が跳ねる。紳士的な態度だが、その表情はどこか意地悪でもあり、あんな台詞《せりふ》を吐いたことを後悔し始めていた。自覚はなかったが、武井へのライバル心のようなものが、あんな台詞になった。杉原を支えたいのは、自分も同じだと主張したかったのかもしれない。張り合っても敵わないのに、あんなことを口にした自分が恥ずかしい。

「すみません、変なこと言って」

「なんで謝るんだよ。嬉しかったのに。ずるいぞ。そんな格好いい決め台詞」

「別に、格好つけようと思ったわけじゃありません」

「可愛くないなぁ。俺はグッときたって言ってるんだよ。検察事務官にそんな台詞を吐かれるなんて、検事冥利《みょうり》に尽きるよ」

杉原はそう言い、目を細めて笑って続けた。

「お前がそんなこと言ってくれるなんてな。嬉しい」

噛み締めるような、言い方だった。

気持ちが、溢れる。

好きだ。

杉原が好きだ。

本当は杉原が好きだから、あの言葉が出たのだ。

つらかった。

苦しくて、息ができない。

「おい？　どうした？」

「いえ……」

「やっぱり、お前ちょっと……」

桐谷は、杉原のスーツの袖を摘まんだ。そして、人差し指で腕時計に触れる。これ以上、心の中を覗かれたくない。

「せっかく来たんです。していきませんか？」

「え……？」

「駄目ですか？　今日つき合ってあげたでしょ？　それとも、こんな直接的に誘われたら、その気になりませんか？」

　言いながら、桐谷は杉原の手首から腕時計を外した。セックスする時は、どんな状況でも必ずこれを外すからだ。

　その行動から、本気で誘っていると伝わっただろう。

　さすがに面喰《めんく》らっているのがわかった。せっかく自分の言葉を喜んでくれたのに、こんなふうに誘って台無しにしてしまったと、言ったことを後悔する。いつでもサカる節操のない人間だと、思われたかもしれない。

「嫌なら……」

「俺はいいけど、疲れてそうなのに……大丈夫？」

「そりゃくたくたですよ。あなたにつき合わされて、現場に出て、書類仕事はどんどんたまっていくし……その上、一人で好きな人に会いにいけないあなたにつき合って、居酒屋までつき合って」

「はは、ごめん」

「疲れマラっていうでしょ。ストレス発散しないと……」

「お前からそんな言葉が出るなんてな。しかも、玄関先だぞ」

　苦笑いする杉原に、ますます自分の気持ちを抑えきれなくなる。このままでは、口に出してしまいそうだ。好きだと。本当はずっと好きだったと、言ってしまいそうだ。

伝えてはいけないのに、我慢できなくなる。

「めずらし……、――ん……っ」

外した時計を靴箱の上に置き、杉原の胸倉を摑んで部屋の中に引きずり込むと、壁に押さえつけて自分から口づけた。そして、首に腕を回してさらに深く口づける。

「うん、んっ、ふ……、んぅ……っ、んっ、んぁ……、んむ」

自分から舌を差し入れ、杉原の口内を舐《な》め回した。舌を探り当て、唇を吸い、頭を手で摑《つか》んで何度も自分から求める。

「……っ、どうしたの？」

唇を離した瞬間、そんなことを聞かれたが答えられるはずがない。

「黙って、俺の、言うとおりに……してください」

言って、杉原の上着を剝ぎ取った。ネクタイを緩めて引き抜き、床に捨ててから再び口づけ、時折足をもつれさせながら部屋の奥へと移動した。そして、ベッドに座らせる。

「おい、お前……」

杉原の前に跪《ひざまず》いた桐谷は、何も言わせまいと、スラックスの前をくつろげてからすでに勃《た》っているそれを口に含んだ。牡の匂いがして、途端に劣情に支配される。

ちゃんと、勃っている。自分の愛撫《あいぶ》でも、ちゃんと反応している。

「……っ、何……、お前、何そんなに……」

頭に手を添えられ、優しく髪を梳《す》かれてぞくぞくした。それは首筋や耳の後ろを伝って背中にまで到達する。自分で準備をしようと、奉仕しながら抽斗《ひきだし》に手を伸ばして軟膏を捜していると、杉原に先を越された。

「おいで」

誘われるままベッドに上がり、緩めていたネクタイを外し、スラックスと下着を脱ぎ捨てる。

「んぅ、んっ、んぅ、んっ、んんっ」

蕾《つぼみ》に軟膏を塗られ、マッサージされ、もどかしい刺激に腰を動かしてしまいそうになる。杉原を口で咥《くわ》えながら後ろをほぐされていると思うと恥ずかしく、同時に浅ましい気持ちになった。もっとはしたないことをさせられたいとすら……。

「上手く、なったな……、俺のツボ、覚えた？」

杉原の言葉に、自分の愛撫に少しは悦んでもらえているのかと救われた気分になった。指を増やされ、尻が痙攣《けいれん》したようになった。拡げられ、ギリギリまで追いつめられる。

「んっ、んぅっ、んんっ、んむ、んっ、んっ、んぅぅ」

口の中をそれでいっぱいにされ、後ろも柔らかくほぐされ、たまらなくなった桐谷は、杉原に跨《また》がった。どんなに優しくしてくれても、ただのセックスフレンドなんだぞと自分に言い聞かせながら、屹立《きつりつ》の先端をあてがう。

「あ……っ！」

腰を落とそうとしたが、それは楽なことではなかった。

「おい……」

「黙ってください」

腰を少しずつ落としていくが、やり方がわからず、自分から呑み込もうとしても要領が摑めない。早くしないと、萎《な》えてしまう。杉原がその気をなくしてしまう。そんなふうに焦ってしまい、痛みを堪えて無理矢理腰を落としていく。

「ぁ……っく、……っは……、……ぁあっ、あっ、ひ……っ、ぁあ……ッア」

杉原のそれは、簡単に呑み込めないほど大きくなっていた。躰が裂けそうで、涙が滲《にじ》む。

この痛みは、まるで自分への罰《ばつ》のようでもあった。心は違う人間のものなのに、騙して、欺《あざむ》いて、躰だけでも求める自分の浅ましさに対する罰だ。

「待てって……急ぐな、……桐谷……」

「っは、……っく、……気持ち、よく……ない、ですか……？」

「違う、馬鹿、無理すんなって……、ほら」

尻を両手で摑まれ、双丘を拡げるようにして腰を一度浮かされ、軟膏を足される。ずぷ、と先端が入ってしまうと、あとは一気に奥まで深々と収められた。

「ぁ……っく、……ぁあ……ぁ、……っあッ、――あッぁあぁ……ッ！」

たまらなかった。

杉原が、自分の中にいる。自分を満たしている。

少しでも気持ちよくしてくれようとしているのか、杉原は両手で尻をやんわりと揉《も》みほぐして中を掻き回し始めた。中を満たしているものの存在を、より強く感じる。

「ほら、こうすれば……楽、だろ……？　お前、……急ぎすぎ」

暴走しかけた動物を窘《たしな》めるような言い方に、下手な自分が申し訳なくなる。それでも、もういいとは言われなかった。途中でやめようと言われなかった。

「楽に、しろって……」

「あっ！」

胸の突起に吸いつかれ、杉原の頭を掻き抱いた。セーブしようとしても自然と腰を前後に揺らしてしまう。

もどかしい。もどかしくて、気持ちよくて、鳥肌が立った。他の男を好きだとわかっていても、求めることをやめられない。

「お前……、乳首、好きなのか？　すご……い、締まり」

「っは、あっ、……んぁあ……あぁア……、ああァ……、……やめ、な……で……、くだ、さ……」

催促すると、杉原はさらに舌を使った。

これ以上好きになるわけにはいかないと頭でわかっていても、心は上手くセーブできない。

優しい手も、愛撫も、意地悪な言葉も、全部自分のものではない。借り物と同じだ。本当は武井に向けられる思いを一時的に借りているだけだ。

（この人が好きなのは……俺じゃ、ない……）

躰だけの関係だとわかっていても、感じてしまう罪な躰を恨めしく思いながら、手放すことはできなかった。

杉原が好きだ。杉原とセックスするのが好きだ。躰だけでもいい。心がなくてもいい。杉原の匂いを感じ、自分を抱く腕に酔い痴《し》れるのが好きだ。快感も、杉原のやり方も、すっかり覚えてしまった。

それだけでもいい。

何も考えたくなくて、大胆に求めた。

「……そこ……っ、もっと……吸って……」

求めると、求めたぶんだけ応えてくれた。

杉原も男だ。刺激されれば勃つし、その気にもなるだろう。そこになんらかの特別な感情があるわけではない。それは、わかっている。勘違いなどしない。

「ぁっ、っく、あっ、っあ、んぁあァあ！」

ゆさゆさと腰を振りながら、上半身を反り返らせて胸を突き出した。杉原の髪を掻き回すようにして頭を抱き、さらに溺れる。

「す、杉原、さ……ッ」

「なに?」

「武井、さんの……名前、……呼んで、も……い……ですよ」

「——っ!」

胸元に顔を埋めていた杉原が顔を上げた。目が合った瞬間、自分の中の杉原がより嵩《かさ》を増したかと思うと、「うっ」と呻《うめ》いてから中でぶるぶると大きく震える。

「ん……っく、——ああっ!」

奥に熱い迸《ほとばし》りを感じた。杉原ので、濡らされている。そう思った途端、触発されたように、桐谷もまた白濁を放った。


バスルームから出てきた桐谷は、重い足取りでベッドに戻った。杉原が水を用意してくれていて、手渡されたコップを受け取って喉《のど》を潤す。深く酔った勢いで桐谷を抱いた日以外、杉原はいつもゴムをつけるか外に出すかして中に出すことを避けていた。

それなのに、今日はあんな形で出され、不意をつかれた。

「平気か？」

「ええ、全部出してきたんで」

中に出された白濁を自分で掻き出してきた桐谷は、事務的に言った。本当は、そうしたくはなかった。いつまでも腹の中にとどめていたかった。

「お前、なんであんなこと言ったんだよ？」

杉原は、明らかにムッとした顔をしていた。怒鳴るでもなく、だが不機嫌は隠せない。さすがに、他の男を抱いている時に、好きな相手のことを思い出させたのが逆にいけなかったのかと反省した。

自分の想いを、穢《けが》されたと思ったかもしれない。武井を穢されたと思ったのかもしれない。好きなら、武井を思いながら自慰したことくらいあるだろうが、密かにそうするのと、他人が絡んでくることは違うだろう。

「駄目でした？　すぐに出したから、嫌じゃなかったと思ったんですけど」

不安を悟られたくなくて、心にもないことを言ってしまう。

「武井さんを想像したんだと思いました」

やめておけばいいのに、挑発とも取れる態度に出てしまうのは、なぜだろうか――。

さすがにひっぱたかれるかと思ったが、返ってきたのは予想だにしなかった言葉だ。

「お前に見下ろされて、妙にグッときたというか」

「――っ！」

「気持ちよくて泣いてただろ？　涙ぐんでた」

自覚はなかったが、指摘されてようやく気づく。確かに、涙で目を潤ませていたかもしれない。どう答えていいかわからず、黙り込んでしまった。すぐに、言葉が出てこない。

「あ、違ったか？　俺の自惚《うぬぼ》れ？」

「自分がどれだけテクニシャンだと思ってるんですか。おめでたいですね」

桐谷は、わざとそんな言い方で自分の気持ちを隠した。

涙の理由は、半分当たっている。悲しくて、あまりに気持ちよくて、涙ぐんだのだ。躰だけなのに、心なんてないのに、まるで本当に愛し合っているように深く交わり、快感を得た。心は自分のものでないとわかっていても、震えるほどの快感を貪《むさぼ》ることのできることがなぜか悲しかった。

「だけど、なんでお前とやってるのに、あいつの名前呼ぶんだよ？」

「だって……」

言葉につまった。

あのまま優しく抱かれていたら、勘違いしそうだった。躰だけで満足していたのに、もっと求めてしまいそうで、怖い。

「せっかくだし」

「せっかくってな」

「だって、武井さんと二人で食事に行けないんでしょう?」

言いながら、あの席でのことを思い出して顔をしかめた。

杉原が武井のことを引き摺っているのは、事実だ。セックスをするのはただの契約で、自分たちが躰だけの関係だということに変わりはない。杉原があまりに優しいから、勘違いするところだった。そうならないよう気をつけていたつもりだが、気がつかないうちに少しずつ思い違いをしていたのだ。

今日、それがわかった。

最初からちゃんとわかっていたら、二人を見てもこんなにつらくはなかっただろう。

「せっかく好きな人に食事に誘われたんですよ。二人で行けばよかったのに。本当は二人で行きたかったくせに、相手に結婚を前提につき合ってる人がいるからって、会うことができないんでしょう?　俺に一緒に来てくれなんて言うほど、あの人が好きだってことですよね」

「それは……」

「だから、そんなに傷ついてるなら、ちょっとくらい慰めになればいいなと思って。どうせ俺は躰だけだし、あなたが誰の名前を呼ぼうと俺には関係ないですし、気にしませんし。そもそもあなたは床上手で満足させてもらってるから、お礼というか、これから先も長く相手してくれたら助かるから、あなたなりのメリットがあればと思って」

自分の気持ちに気づかれないために必死で、普段より饒舌《じょうぜつ》に、一気に畳みかけるように話してしまう。冷めたふりをして、本音を隠す。

「お前なぁ、自分を大事にしろって言っただろ。俺のことなんか気にするなよ。まぁ、お前を抱いてる俺が言うのも何だけど……」

気まずそうに頭を掻く杉原を見て、もう躰の関係はやめようと言われるのではないかと思った。そのほうが自分にとってもいい。そのほうが、きっと気持ちが楽になる――そう思うが、同時にもうセックスすらもできなくなるのかという思いもあった。

この期に及んで、心が駄目なら躰だけでもと考えてしまうなんて往生際が悪すぎる。

「それよりお前、今いつもよりしゃべってるな」

「そうですかね」

「そうだよ。ま、嬉しいけど」

どういう意味で言っているのかわからず、無言で杉原を見た。睨んでいると思ったのか、杉原は困った顔で言う。

「なぁ、お前って昔からそうなのか？　子供の頃から人づきあい苦手？」

「なんですす急に」

「お前のこと知りたいんだよ。こうしてセックスもしてるし、本当に肉体関係だけなんて虚しいだろ。ちょっとくらい教えろよ」

驚きだった。

セックスフレンドと言っても、同僚でもある。おもちゃのようにしたくないという気持ちが伝わってきて、また勘違いしそうになった。もちろん他意はないとわかっているが、それでもプライベートの自分に興味を抱いてくれたことは意外で、素直に喜ぶ気持ちと照れ臭い気持ちが混在する。そして、不安。

このままどんどん欲深くなって、躰だけでなく気持ちも欲しいと思うようになるかもしれない。いったんそうなったら、どんなことをしても手に入れようとしてしまうかもしれない。

そう思うと怖いが、嬉しさはどうしようもなかった。

「俺の言ってること、おかしいか?」

「いえ……、そういうわけでは……」

気持ちが複雑に入り交じり、このまま杉原と続けていいのかと自問する。状況が悪化する前に引き返したほうがいいともう一人の自分が忠告するが、この関係を自分から手放せないのも、なんとなくわかっていた。

「お前っていつも何考えてるかわからないところあるよな。クールかと思ったら、武井に宣言したような熱い台詞を吐くし。俺、一応検察官だから、他人のことはよく見えるほうなんだけどなぁ。お前って見えにくい。何か趣味とかあるのか?」

「趣味なんて持つ暇はないですよ」

「ほらも一、そうやって冷たくする。で、何が好き?」

「何って……仕事ですかね」

言いながら、杉原の姿を目に映した。

自分が好きなのは、目の前の男だ。人望があって、優しさがあって、仕事もできて、人間的な魅力もある。

「お前のこと、もう少し知りたい。いいだろ?」

そんなことを言われても、なんて答えていいかわからない。

「お前、俺とセックスする前は口でしたことなかった?」

「何を急に……知りたいって、そういうことですか」

「いろいろだよ。ほら、前に言ってただろ。安全な相手が欲しいって」

「そうですね。行きずりの男のはしゃぶったりしません。あなたは安全だから……」

「ふ〜ん。俺は安全か」

「安全でしょう」

何か言いたげな視線に、頬が熱くなる。

「なんですか?」

「そっか。俺だけか」

「別に、あなただけとは言ってませんけど」

言っていないが、口で奉仕したのは杉原だけだ。自分の中でだけで、そうつけ加える。

「嘘ついてもわかるぞ。まさか初？　だったら悪かったな。嫌なら断ってよかったのに」

当たり前のように注がれる優しさに、目許が熱くなっていくのがわかった。

(だから、そういうのやめてください)

嬉しいのに、つらい。つらいけど、嬉しい。まったく逆に思える感情が、同時に自分の中にある。次第に混乱してきて、心の中のものを全部吐き出してしまいそうだ。

「さっきさ、お前に一緒に来てくれっていうほど武井が好きなんだろうって言ったよな」

「はい」

「実は、そんなにつらくなかった」

「え……」

「敦哉《あつや》がいたからかもな」

杉原は、笑っていた。

思い出を語るような目だ。武井への気持ちが、過去のものになったという証明にすら見えた。

だが、そんなはずはない。そんなことが起きるはずがない。

「敦哉のおかげで、つらくなかったよ」

「なんで名前呼びなんですか」

「いいだろ。今は恋人ごっこしても」

「なんですかそれ。気持ち悪いです」

また嫌な言い方をしてしまった。自分の気持ちを知られたくないあまり、必要以上に酷い言葉を使ってしまう。

「そうやってバリア張るのは、どうして?」

好きだから——そんなことは、口が裂けても言えない。

「泊まっていい?」

「……っ」

何を言い出すのかと、信じがたい思いで杉原を見た。

泥酔状態で来た最初の日以外、泊まらせたことはない。そうしたら、きっと自分の気持ちを抑えられなくなると思い、必ずベッドを降りて後腐れない関係を演出した。

泊まらせたら、いけない。危険だ。断るべきだ。

そう思うが、口から出たのは言ってはいけない台詞だった。

「別に……いいですけど」

「やったね」

杉原の笑顔を見ながら、ぼんやりと思う。

きっと後悔する。絶対に、後悔する時が来る。

わかっていても、自分を好きになってもらえる可能性が少しでもあるなら、そのチャンスに縋りたいという気持ちには抗《あらが》えなかった。

「わ。もうこんな時間だ。そろそろ寝るか。明日も仕事大変だぞ」

「覚悟してますよ」

その日、二人は狭いベッドで恋人同士のように躰を密着させた状態で横になり、桐谷は貪り合ったあとの疲労感と、杉原の匂いを感じながら眠りに落ちた。

4

あれから、杉原《すぎはら》は何度か桐谷《きりたに》のマンションに泊まった。必ずしもセックスをするとは限らないが、プライベートの時間をともにすることが増えたのは事実だ。なかなか糸口の見えない吹《すい》田《た》の事件について話すことも多いが、それだけではない。今まで知らなかった互いのことを、知るようになってしまった。

しかも、一度外した腕時計を忘れて帰った。大事なもののはずなのに、まるで武井《たけい》への想いを忘れつつあるという暗示のように、置いて帰ったのだ。

少しは、期待してもいいのだろうか。

自分の気持ちをセーブすることしか考えてこなかった桐谷は、そんなふうに思うようになっていった。杉原に対する想いをひた隠しにすることしかできなかった桐谷にとっては、大きな変化だ。それを感じながら、仕事に忙殺される日々を送る。

「じゃあ、行くか。お前、顔気をつけろよ。なるべく柔らかい表情でな」

「はい。努力します」

その日、元村七恵《もとむらななえ》に話を聞くため、彼女の実家を訪れていた。なるべく不安を感じさせないよう、両親がいる時間帯を選んだ。

リビングに通され、名刺を渡してソファーに腰を下ろす。

「すみません、事件のことを何度も聞くなんて、嫌なことを思い出させることに」

「いえ、いいんです。ああいう男は、女性の敵ですから。でも、どうしてまた……」

「確認です。前回は警察で事情をお聞きしたと思うんですが、ああいう場所は緊張もしたでしょうし、違う場所でもう一度お話を聞けたらと思いまして」

家族も近くにいて、彼女もリラックスしているようだった。隣に父親が座っていることが、何より彼女を安心させているのかもしれない。

杉原のような人当たりのいい人物のほうが、彼女も安心するだろうと、桐谷はなるべく邪魔をしないよう二人の会話を聞くことに徹した。彼女の態度や言葉に見落としてはならないものがないか見逃さないよう気をつける。かといって、あまり神経を尖《とが》らせても、それが彼女に伝わってしまう。忠告どおり、表情にも気をつけた。

「事件当日の記憶がところどころないと証言されてますけど、犯人に刃物をつきつけられた時のことは覚えてますよね。どちらの手で持ってました？」

「右利きでした。果物ナイフみたいなものだったと思います」

「あなたが殴られたのは、右の頬が中心でしたね」

「そうですね」

彼女は右の頬に手を遣った。おそらく無意識だ。痛みを思い出したのかもしれない。それでも、当時のことをちゃんと思い出そうとしているのはわかる。隣に座っている父親は、娘に何度も同じ質問をされたくないのか、厳しい顔で意見する。

「右でナイフを持っていたんですから、左で殴るのは当然でしょう」

「確かにそうかもしれません」

杉原は、尤《もっと》もだというように頷《うなず》いてから、質問を続けた。

「何か伝え忘れたことなどないですか？」

「すみません。私、本当に必死で……よく覚えてないところもあって、でも、嘘は言ってませんし

「もちろんです。嘘をついていると疑っているわけではないので、どうか誤解されないでください。人の記憶というものは曖昧《あいまい》で、真実を言っているつもりでも抜けているところがあったり、思い違いだったということはありますから」

面通しした時にも、彼女は吹田が犯人だと言っている。だが、本当にそうだろうか。強制までとは言わずとも、警察の誘導はなかっただろうか。

杉原が確かめたいのは、そこだ。

「警察の人はどうでした？　親切でした？」

「え？」

「恐かったでしょう？　担当の刑事、こわもてですもんね」

笑いながら言うと、彼女も思い出したのか複雑な笑みを浮かべる。

「いつも事件を扱ってると、そうなるんでしょうね。私も護身術を習ってますから、いかついタイプの男性と道場で会うんですけど、警察の方ってまたちょっと違う雰囲気で……」

彼女の表情は、暗かった。事情聴取はつらかっただろう。事件に遭遇してすぐということもあるが、警察の対応もあまり思い出したくないものなのかもしれない。

「それより、手は大丈夫です？」

「はい。やっと先日包帯が取れました」

「それはよかった。相手も相当のダメージを負ってますよね」

「そうですね。護身術を習っててよかったです。でも、力では男の人に勝てないんだって思い知りました。すごく悔しいですけど」

膝の上に置かれていた彼女の手が、拳を強く握っていた。

力でねじ伏せられ、意志を無視され、尊厳を踏みにじられ、蹂躙《じゅうりん》されたのだ。どれほど悔しいだろうと思う。

「すみません。嫌なことを思い出させてしまったようですね。今日はこれで帰ります」

その言葉に、彼女は安心したようだった。父親は、もどかしい思いをしているようで、その表情から苛立《いらだ》ちを感じる。

「犯人は捕まってるんでしょう。早く罰を与えてください。娘は、恐ろしい思いをしたんです。あの男がしたことは、一生娘の心に傷を残します」

「もちろんです。犯人には必ず犯した罪に相当する罰を受けさせるつもりです」

「どうか、お願いします」

「はい。何か思い出したことがあれば、どんな些細《ささい》なことでもいいのでお電話ください」

最後にそう言い、二人は帰ることにした。父親に護られるようにして立っている彼女に見送られる。

「あの……」

玄関先で呼び止められ、二人は足を止めた。振り返ると、彼女は何か胸につまったような表情をしている。

「いえ、なんでもありません。何か思い出したら、お電話します」

彼女は杉原と桐谷の名刺を大事そうに持ち、頭を下げた。最後にもう一度礼を言ってから家を出る。

住宅街は静かで、猫の子一匹いなかった。タクシーは通らないだろう。大通りまで歩きながら、考えをまとめる。

「彼女、最後に何を言おうとしたと思う?」

「さぁ。でも、不安そうな顔してましたね。自分の証言に自信をなくしたのかも……」

桐谷の言ったことは、杉原も考えていたようだ。肯定も否定もしなかったが、おそらく思いは同じだろう。

自分の証言が、犯人を決定する大きな鍵となるのだ。精神的負担も大きいだろう。部屋で明るさを検証した時は、顔をはっきりと覚えられるかどうか疑わしかった。

検察庁に戻ってきた二人は、そのまま執務室に籠《こ》もった。吹田の事件だけでなく、常に複数の事件を抱えているため、何か一つでも手こずるようならこんなふうに残業が続く。

「まだまだ仕事は山積みか」

「文句言わないでください。ほら、これが資料。どんどん読んでください、どんどん」

目を通すべき資料や書類の作成などやることは山積みで、今日も帰りは夜中になるだろう。

「あ、そうだ。いいもの買ってるんだ。今日届いたやつ」

杉原は昼間届いた段ボール箱を出してきた。ガムテープを剝《は》がし、辺りを散らかしながら開《かい》梱《こん》している。

「何遊んでるんですか」

「遊んでるんじゃないよ。ほら、簡易ベッド。いいだろ?」

それは、エアマットだった。アウトドア用品のメーカーから出ているもので、空気を入れると普通のマットレスと同じくらいの大きさになる。専用の電池式空気入れで空気を入れて使う。

杉原は、早速コードを繋《つな》いでセッティングを始めた。

「ずっと座ってやってると、疲れるだろ？　仮眠だって取れるし、ストレッチしようと思ったらできるし、寝そべって資料読んでもいいし。お前も使っていいぞ。一緒に寝るか？」

「ここを自宅に改造しようとしてませんか？　俺はどんなに遅くなっても帰りますよ」

きっぱりと言い、完成したマットレスに座って『こっちにおいで』とばかりに隣を叩《たた》く杉原を冷めた目で見る。

「座りませんよ」

「なんだよ。せっかく買ったのに」

そう言って、つまらなそうに一人でエアマットに座った。

「そんなことより、あれ調べてくれた？」

「はい。まだ途中ですけど」

杉原から頼まれていたのは、吹田の自宅から半径二十キロ以内でここ一年間に起きた女性に対する暴行事件についてだ。今回と似た手口がないか、調べを進めた。

性的被害が出ていれば被害者は泣き寝入りしている可能性も大きく、また今回の起訴保留について警察から不満が出ているため、表立って捜査できずなかなか調べを進められなかったが、一件、気になる事件を見つけることができた。

「そこに詳細があります。手口が酷似してます。写真の件も同じです。吹田のシフトを聞いたら、休みになってました」

「これ？」

「はい。被害者の方が勇気を出していったん被害届を出したんですけど、警察の対応が悪かったみたいで、結局告訴は取り下げた形になってますが」

「二次被害か。何やってるんだ」

彼女は過去に出会い系で出会った男性とトラブルになったことがあり、そのことが警察の先入観に繋がったようだ。

「吹田の窃盗《せっとう》の余罪は六件か……。盗みに関しては徹底して調べてる形跡があるのに、強姦《ごうかん》のほうはどうしてもぬるい印象が抜けないな。証拠写真の件から見て初犯にしては手口が慣れてるし、余罪はありそうだけど」

「調べなかったか、もしくは調べたけど何か不都合があってなかったことにした可能性も」

「言うね」

あえて口にしなかっただろうことを杉原の代わりに言うと、ニヤリとされる。

「そっちの被害者の話を聞けたらいいんだけど」

「難しいでしょうね。でも、勤め先はわかります。行ってみますか？」

「うーん、どうしようか」

告訴を取り下げた女性に事件のことを聞くなんて、残酷だとわかっている。それでも、無実の可能性がある人間をこのまま起訴するわけにはいかない。そして、真犯人がいるのなら、野放しにしてはおけない。また次の被害者を生むことになる。複雑だ。

「とりあえず、最終手段にしとこう。他にも何か出てくるかもしれないし」

「そうですね。ところで、今のうちに夜食買ってこようと思うんですけど」

「俺も行こうかな」

「いいですよ。先に資料読んでおいてください。俺もそれ読みたいので。おでんと肉まんでいいですか?」

「いいですかって言いながら、それ以外認めませんって口調だな」

「じゃあ何がいいんです?」

「おでんと肉まん」

笑いながら言う杉原をジロリと睨《にら》み、財布を持って検察官室を出て買い出しに出た。もう十一時過ぎだが、人通りはまだ多い。

コンビニエンスストアに入り、おでんと肉まんを購入し、すぐさま検察庁のほうへ歩いて行く。立ち止まり、振り返った。誰かに見られているような気がした。何かわからないが、嫌なものを感じた。しかし、周りを見回してもそれらしき視線の持ち主はいない。

(気のせいか……)

再び歩き出した桐谷は、二人の刑事のことを思い出していた。

あれから検察庁には来ていないが、頻繁に起訴について探りを入れているらしく、杉原は検事正から呼び出されて、吹田の取り調べの進行状況を聞かれていた。理解のある上司だが、あまり延ばすとそうそう擁護もしていられない。特に今は、余罪の可能性のある強姦事件を調べているのだ。もし、それを耳にしたら、ますます風当たりは強くなるだろう。

早いところ、何か一つでもいいから警察に反論できる具体的な証拠を掴《つか》まなければ。

その思いは、検察事務官として少しでも杉原の役に立ちたいという気持ちをこれまで以上に大きくする。

同時に、被害者である元村七恵のために、そして家族のために真実を掴みたくて、杉原にとことん尽くすつもりで仕事に励もうと決意を新たにした。

武井の結婚が正式に決まったと聞いたのは、それから数日後のことだった。

桐谷は、パソコンで書類を作りながら、笑顔で電話をしている杉原のことを時々盗み見ていた。耳は完全に会話の内容を拾おうと、そちらに向いている。

「なんで言わないんだよ。この前会ったってのに……」

電話の相手は、もちろん武井だ。婚約の話は二人を知る先輩検事からの情報で、直接聞けなかったことについて文句を言っている。声は明るいが、人づてに聞かされて少しはショックを受けているのかもしれない。

「俺が事件で大変だからって、気ぃ遣うことないのに」

本当はどう思っているのだろう。本当はつらいのかもしれない。笑顔なんて作っている余裕はないのかもしれない。

「今度、お祝いするよ。……うん、そうだな。その時は。じゃあな」

笑顔のまま電話を切った杉原を、桐谷は思わずじっと見ていた。

それはすぐに崩れるかと思ったが、意外にも晴れ晴れしたような顔をしている。武井への気持ちを知っている自分の前くらい我慢しなくていいのにと思っていると、桐谷の視線に気づいた杉原は、笑顔で聞いてくる。

「何？」

「やけ酒、つき合いましょうか？」

落ち込んでいるだろうと思って誘うが、杉原の表情は思ったほど暗くはなかった。我慢しているのか、その心の内はどうなのか。本当はそんな余裕などないのではないだろうか。

頭の中は、そんな疑問でいっぱいだ。

「酒なんて飲んでる余裕ないよ。それに大丈夫だから」

素直にその言葉を信じることはできなかった。恋人がいたことを知っただけで、あれだけ泥酔したのだ。仕事が忙しいくらいで、つらさが紛れるわけではない。

だが、自分では慰めにすらならないほど落ち込んでいると思い、それ以上、触れないことにする。そっとして欲しいなら、そうするしかない。

「そうですか。だったらいいです。忙しくてよかったですね」

桐谷は、パソコンの画面に視線を戻した。あと少しで終わるが、集中できなくなる。

せめて慰められる存在にはなりたかった。それすらも叶わないのだと思うと、さすがにつらくなる。少しは期待していいのだろうかと、自分たちの関係を前向きに考えられるようになっていた矢先のことだけに、胸の痛みはさらに増す。

だが——。

「お前のおかげかも」

「え……」

「なんかさ、お前のおかげで吹っ切れそうな気がする。なんでだろうな」

言葉が出なかった。杉原を凝視するだけで、思考が回らない。

「事務官としても優秀だし、俺に引きずり回されても文句は言わないし」

「文句は言ってるでしょう」

「そうか。でも、本気で言ってないだろ。本当に嫌がってないってわかるよ」

心臓がうるさかった。

本当に、自分のおかげで吹っ切れそうなのだろうか——信じられないが、杉原が意味もなく嘘をつくとは思えない。そんな嘘をついて、杉原にメリットがあるとは思えない。

失恋の痛みを忘れさせてくれるのは、新しい恋だ。

そんな使い古された言葉を思い出した。もし、本当にそんなことがあるのなら、期待していいのなら、自分が武井を忘れさせる存在になることができたら——。

「ところで書類終わりそう？」

「え？　あ、はい……」

動揺してしまい、返事をする声が大きくなってしまった。滅多にないことだけに、ますます平常心を保てなくする。

「あれ、お前今ちょっと焦ってる？」

「どうしてそう思うんです？」

「質問に質問で返したな。やっぱり焦ってる。もしかしてお前、褒められるの慣れてない？」

「そんなことありませんけど」

「そうかそうか〜。お前の鉄仮面崩すのって、素直に褒めたらいいんだ。結構簡単だったんだな。ずっと一緒に仕事してるのに、なんで気づかなかったんだろう」

「いいから、仕事の話をしてください」

これ以上、この話を続けられるとどんどん平常心を奪われそうで、冷たく言った。しかし、杉原はそれすらも見抜いているのか、笑いを噛《か》み殺している。

「そのにやけた顔をやめて仕事に集中してください」

「お前ってさ、焦るとよくしゃべったり口が悪くなったりするよな。部屋も結構散らかってる時あるし。仕事の時は見事に整理整頓してるのに、冷蔵庫の奥に一ヶ月前の弁当が潜んでたのは笑ったよ」

「なんです急に……」

「新しい発見」

噛み締めるように言われ、どう答えていいのかわからない。

「無駄話してる暇あるんですか？」

「ま、今回のところは見逃してやるよ。じゃあ、仕事に戻ろうか」

杉原は引き締まった表情になると、今回の事件の証拠を整理した書類を出し、人差し指でトントンと叩いた。切り替えが早いのも、有能な検察官の証拠だ。ぴりっと締まった空気に、桐谷もつられる。

「それで、吹田の件だけど……もう一度最初から整理するよ」

吹田が目をつけられたのは、犯行現場からそう遠くない場所に住んでいて、犯罪歴があり、マンションへの侵入手口が過去の窃盗と似ていたからだ。任意で引っ張り、そのまま自白まで持ち込んでいる。

犯行に使われたらしい凶器のナイフは、吹田の自宅アパートの近くの川で発見された。また、会社のロッカーには犯行時に身につけていたと思われる帽子と上着が入っており、上着には被害者の髪が付着していたのもわかっている。さらに、写真のデータが入ったSDカードもロッカーの奥から出てきた。カメラ本体は見つかっていない。監視カメラはマンションのエレベーター内にしかなく、非常階段を使ったため画像は残っていなかった。

「自宅からは何も出てないんだよな」

「そうですね。パソコンも持ってないですし、デジカメで撮った写真は、今回の被害者しか映ってませんでした。本当に強姦に関して初犯なら納得できます」

「でも、手口は慣れていた」

「ええ」

やはり、どうしても釈然としない。過去の窃盗で居直り強盗になるようなシーンで逃げている吹田が、強姦という凶行になぜ走ったのか。パソコンも所有していないとなると、前のデータがないのは不自然だ。犯罪の証拠にもなるデータを誰かに託すとも考えられない。写真データは今回の被害者のものしかなかった。

やはり、本当に初犯と考えるべきなのか。

「ねぇ、桐谷。性的暴行を加えてる時って、どんな気分だと思う?」

「え……?」

急に何を聞くのかと杉原を見ると、真剣な表情をしている。

「ものすごく興奮してるよね。女を力でねじ伏せて自分のものにする。テンションマックスだ。自分にも、その状況にも酔ってる」

「確かにそうでしょうね」

「供述内容はどうだった？」

杉原が何を言おうとしているのか、わかった。

暴行手口の供述は客観的だった。部屋に侵入してから彼女を襲うまで、まるで横で見ていたかのように具体的で詳細に亘っている。すでに判明している事実を復唱させられたようだと言ってもいい。

「侵入の手口は覚えていてもおかしくない。けど、初犯と仮定した場合、あれだけ克明に覚えてるものかな」

「警察の誘導があったと考えるのが妥当ですね。全部じゃないとしても、曖昧な部分の供述は警察が手を貸して完成させたんでしょう」

あえてはっきり言わない杉原の代わりにそう口にすると、目を細められる。この優しげな笑みが、視線が、勘違いを起こさせるのだ。思い上がるなと自分に釘を刺すが、先ほどの言葉と相俟《あいま》って、希望を抱いてしまいそうになる。

「お前のそういうところ好きだよ。俺のほうがひやひやする」

「ここに刑事はいないでしょう」

「壁に耳あり障子に目ありって言うだろ。まぁ、ここは大丈夫だけど、気をつけたほうがいいよ。どこで誰が聞いてるかわからないし」

杉原の言葉に、コンビニに夜食を買いに行ったことを思い出した。誰かに見られているという、強烈な視線を感じた。あれは、やはり刑事だったのかもしれない。少なくとも、なかなか起訴されない状況に苛立っているのは確かだ。

もし警察の捜査に何か問題があれば、二人が何を調べているか探ろうとするだろう。杉原だけでなく、その事務官である自分も対象となる。

「何？　どうかした？」

「いえ」

言ったほうがいいかと思ったが、心配をかけるだけだと今は伏せておくことにした。

杉原のことだ。責任を感じるかもしれない。今は、余計な情報を杉原に与えないほうがいい。ただでさえ、難しい事件を扱っているのだ。この仕事に集中してもらうためにも、そういった面倒は耳に入れないほうがいい。

「警察に目をつけられてるのは、あなたのほうだと思ったもので」

「お前も他人事《ひとごと》じゃないよ。事務官」

その言い方になぜかドキリとして、桐谷は視線を逸らした。不意打ちで、その魅力を見せつけられるから困りものだ。

「もう一回、吹田の勤め先に行こうと思ってるんだ」

「つき合いますよ。一人より二人で会ったほうが、見落としはないでしょうし」

「悪いな。苦労ばかりかけて」

改まって言われると、恥ずかしくなる。

「長年連れ添った借金持ちの夫婦みたいこと言わないでください」

「なんだよそれ。お礼を言っただけだろ。お前、本当に尽くしてくれるから」

「検察官に尽くすのが事務官の仕事です。苦労なんて思ってませんから。ただの仕事ですよ、仕事。ほら、聞き込みに行くならさっさと行きましょう」

また杉原が目を細めた。そんな優しげな表情を何度も見せられて平気でいられるはずがない。

それからすぐに吹田のタクシー会社に電話を入れてアポイントを取り、杉原を急かしてタクシー会社に向かった。

前回来た時と雰囲気は同じで、事務所には配車係がいて、仕事を終えた数名の運転手が控え室でタバコを吸っている。

「お疲れのところすみません」

「いいえ、いいですよ。それより、あいつがやっぱり犯人なんですか？」

社長としては、それが一番気になるらしい。たとえ事件と直接関わっていなくても、自分の雇った男が強姦未遂などという罪を犯したとなると、穏やかではないだろう。

しかも、過去に犯罪歴があることを承知で吹田を雇っている。社会復帰の手助けになればと思ってやったことが、裏目に出るのだ。事件の成り行きが気になるのも、当然だ。

「ところで、吹田さんってパソコンは全然使わないんですよね？」

「多分そうだと思うけど。なぁ、あいつがパソコン使うなんて聞いたことあるか～？」

控え室にいる運転手に向かって、社長が大声で聞いた。誰もが首を傾げるだけで、はっきりとした返答はない。

「お、太田まだいたのか。お前あいつの部屋に行ったことあるだろ？　あいつがパソコン使えるか検事さんが知りたいんだと」

「いいえ。部屋には行ったことないですよ。外でしか飲まないですし」

「そうか。残念だなそりゃ」

「パソコンがどうかしたんですか？」

同じ質問をするが、太田の答えも同じだった。これ以上、ここで聞いてもわからないだろう。

杉原が視線で「帰るか」と合図してくる。

「そういや、太田。お前あれ……言わなくていいのか？」

「え？」

「あれだよ、あれ。前に言ってた……」

社長に催促され、太田という社員は少し困った顔をした。気が進まないという気持ちが、その態度にありありと浮かんでいる。

「同じ仕事仲間だから、あんまり悪口言いたくないんだけど……」

「悪口なんて思いませんよ。捜査に必要な情報かもしれませんから、ぜひ」

「あいつ……風俗に行く金がないって」

「風俗？」

「はい。自分は前科持ちで結婚できないから。でも風俗は金がかかるってぼやいていたのは覚えてます。だから、また盗みをするかもしれないとちょっと心配で、社長には気をつけたほうがいいって言おうかどうしようか迷ってたけど、言わなかったんです。それで今回のことがあったから、やっぱり言うべきだったかと思って」

「だから、お前が謝るこっちゃねーだろうって言っただろうが。ほんとお前は人がよすぎるんだよ」

社長はそう言って、以前やったのと同じように背中をバンバンと叩いて笑った。

「やっぱり、あいつがやったんですかね？」

「すみません。捜査状況は漏らせないので。いろいろ聞いておきながら申し訳ないです」

頭を下げると、社長はすぐに引き下がった。

ただの好奇心なのか、それとも聞かずにはいられない何かがあるのか——。

「じゃあ、お仕事中すみませんでした。ご協力に感謝します」

杉原が言うと、桐谷も頭を下げてタクシー会社をあとにする。二人で並んで歩くが、杉原は黙ったまま何も言おうとしなかった。横顔を見て、何か考えているとすぐにわかる。

声をかけないほうがいいだろうと、しばらく黙って歩いていた。

車道には車のテールランプが並んでおり、自転車がすごいスピードで走り抜ける。クラクションと。トラックのエアブレーキ。雑多な日常に包まれる。

そして、ふいに杉原がこう言った。

「社長、左利きだったな」


余罪と思える事件が、もう一件見つかった。同じ手口で、女性に乱暴を働いている。未遂に終わっているが、やはり被害者は訴えを取り下げたようで、事件にはなっていない。

その情報を持ってきたのは、武井だった。

「これは、俺が横浜《よこはま》に行く前に知り合ったフリーライターからの情報です。彼女、性的暴行を受けて泣き寝入りする女性の取材をしていて、彼女には貸しがあったので、この情報を貰うことができました。ざっとした情報だけですけど、ここに書いてあります」

「悪いな。お前の切り札一つ使ってしまって」

「いいえ。杉原さんのためなら平気です。一応被害者本人には連絡を取って、事件の捜査のためだと伝えてるそうです。もっと具体的な話が聞きたいなら、交渉はできますよ」

その日は、武井がわざわざ出向いてきた。婚約者と会う約束をしているらしく、こちらまで出てきたのだという。ついでと言っていたが、本当かどうかはわからない。杉原のためにここまでするなんて、二人の絆を見せつけられるようだ。

恋愛感情はなくても、杉原への絶大な信頼や尊敬が感じられる。武井にとって杉原は、尽力したくなる相手なのだ。このことから、それがよくわかる。

「それで、どうでした?」

「ああ。桐谷、裏は取ってるよな?」

あらかじめ事件のあった日付と時間だけは聞いていたため、その日の吹田のシフトを調べていた。そして、判明したことがある。

「はい。その日はやはりアリバイがありました。仕事は休みでしたけど、近くのレンタル店でDVDを借りてます。防犯カメラの映像は残ってませんでしたが、会員証で本人確認はしています。別の人間が協力して吹田を装わない限り、事件現場に行くのは物理的に不可能です」

「じゃあ、この事件と同一犯なら、吹田が無罪の可能性は高まるな」

「はい。手口がまったく同じですし、可能性は十分あると思います」

突破口が見えてきた。やはり、杉原の考えは当たっていた。ただの勘ではなく、吹田を犯人だと示す証拠にわずかな違和感を抱き、それが根拠となった。優秀な検事の姿を見せつけられ、尊敬の念とともにますます杉原に対する想いが深くなっていく。

「被害者の女性に話を聞きたいなら、彼女を通せば何か話してくれると思います。その時は連絡ください。仲介役の彼女が同席することが条件だったり、面倒はあると思いますけど」

「その時は頼むよ。本当にありがとうな」

「いいえ、お安いご用です」

二人の会話を聞きながら、桐谷は心底思った。武井は、本当に頼りになる男だ。

まさか、こんな形で情報を持ってくるとは思っていなかった。そういった情報に触れる機会もツテもなく、毎日目の前の仕事をこなすだけの自分との差を見せつけられるようだ。

人としての魅力だけでなく、仕事をする男としての能力の差だ。

「それより、時間いいのか？　これから会うんだろ？」

「ええ、まだ大丈夫です」

武井は、腕の時計で時間を確認した。いい時計だ。

「フリーライターって女の人だろ。俺のために何回も連絡したんだったら、もしかしたら焼き餅焼いたり不安に思ったりしてないか？」

「まぁ、ちょっとは……。でも喧嘩にはなってないですよ」

「仕事に理解がある？」

「ええ。それに、可愛いところがあるってわかりました」

「ノロけか」

　杉原は笑いながら、武井を軽く小突いた。平気な顔をしているが、内心は違うだろう。黙って二人のやり取りを横で観察しながら、そんなことを考える。

「なぁ、武井。写真見せろよ」

「え……、写真ですか？」

「持ってるんだろ？」

　杉原が急かすと、武井は照れ臭そうにスマートフォンを取り出してデータを捜した。

「そんなに撮ってないんですけど。このくらいですかね」

「お、綺麗な人だな。最近のか？」

「彼女の誕生日に撮ったものです。夜景が見たいって言うから」

「夜景か。充実してていいなぁ。お前、そんなに積極的に女口説くタイプだったか？　俺を差し置いて、結婚まで決めてしまってずるいぞ」

「杉原さんは誰かいい女性はいないんですか？　結婚を考えるような」

「そんなのいるわけないだろ。俺は仕事が恋人みたいなもんだよ」

杉原の何気ない言葉が、桐谷の胸に刺さった。

本当の恋人ではない自分といくら躰《からだ》を重ねても、心が満たされるわけではない。わかっていたが、こうして言葉にされると、改めて自分はただ利害が一致しただけのセックスフレンドでしかないという現実を見せつけられる。

「そうそう、桐谷。この前こいつと話していて発覚したんだけど、武井の婚約者って、お前と同じ大学なんだって」

「へぇ。そうですか」

もっと愛想よくしなければと思うが、そんな余裕はなかった。自分の知らないところで、連絡を取り合っていたとわかる会話に、心が疼《うず》く。セックスフレンド止まりの自分がそんな感情を抱くことこそが間違いだと思うが、どうにもならなかった。

他には、どんな会話が交わされているのだろうと思う。

「桐谷さんはおいくつなんです?」

「二十九です」

「じゃあ、彼女の一個上だ。同じ時期に大学に在籍してましたよ」

「へぇ。すごい偶然だな。じゃあ知り合いかも。名前は一条《いちじょう》さんだったよな。下の名前なんだっけ？　めずらしい名前だったよね」

「妃彩《ひいろ》です。おんなへんに己の『妃』に、色彩の『彩』って書きます」

桐谷は、耳を疑った。

婚約者の名前は、一条妃彩。よくある名前ではない。桐谷の知っている一条妃彩と大学も学年も同じなんて偶然が重なる確率は、どれくらいだろうか。

「あれ、もしかして知ってるのか？」

「いえ、まさか」

なんとかそれだけ答えたが、動揺していた。

知っている人だ。同じゼミの後輩で、よく覚えている。桐谷はあまり目立つほうではなかったが、彼女はかなり派手に遊んでいて有名な学生だった。

それだけならいい。学生の間にハメを外すなんて特別なことではない。

だが、問題は大学在籍中に妊娠し、出産していることだ。卒業はしたが、相手は妻子を持つ男性という噂が立っていて、略奪婚だのなんだのと女子学生が話しているのを聞いたことがあった。相手について真偽のほどは定かでないが、彼女が妊娠している時の姿を、桐谷も見たことがある。子供を産んだのは間違いない。事実だ。

実家の両親に子供を預けて就職したと聞いたが、それについても曖昧だ。

「学部は同じなんだけどな」

「そっか。そうだよな。大学も広いし、学部が同じでもなかなか同じ講義を取ってないと知らないよね」

「ええ」

心臓が跳ねていた。まるで自分が悪いことをしているみたいで、後ろめたくなる。

「あの……俺も写真見せてもらっていいですか？」

桐谷は、相手が自分の知っている人かどうか確かめようとそう言った。杉原が意外そうに武井のスマートフォンを差し出す。写真を見て、さらに動揺した。

「美人ですね。やっぱり、知らない人です」

間違いない。彼女だ。

子供がいることなど承知で結婚を決めたとも考えられるが、何も知らない可能性は大きい。杉原と武井の仲だ。彼女が子供がいることを告白したのなら、相談の一つもしただろう。人の親になるというのは、そう簡単なことではない。

そして何より、桐谷の知っている彼女は自分に子供がいることを正直に話すようなタイプではなかった。

「どうしたんだ？」

「いえ……なんでもないです」

もし、彼女が子供がいることを隠して結婚しようとしていたら――。

そう考えると、心臓がうるさく跳ねる。

おそらく、結婚は破談になるだろう。いきなり誰の子ともわからない子供を自分の子として

受け入れなければならないのだ。もちろん、愛した人の子なら自分の子じゃなくてもいいという人間はいる。武井のような男なら、そのくらいの懐の深さや包容力があってもおかしくはない。

だが、隠していたとなると、彼女に対する信頼が崩れるのは明らかだ。結婚生活などできるわけがない。

そして、武井と彼女が破談になってフリーになったら。武井が婚約者に騙《だま》されていたことに傷ついたら。

桐谷の問いは、次第に脅迫観念のようなものをその心に植えつけていった。

もしそうなれば、傷心の武井を杉原が慰め、そして二人は両想いになるかもしれない。そんなストーリーが頭に浮かんだ。普通に考えれば、ノンケの男が婚約者の裏切りに傷ついたからといって、そうそう男とどうにかなるとは思えない。友人として、信頼をより深めるだけだ。

だが、杉原のいいところをよく知る桐谷には、武井が杉原を好きになることはむしろ自然にすら思えた。武井と会った時の二人の会話を思い出して、杉原が本気で自分の気持ちをぶつけたら、武井は揺らぐのではないかと……。

女の手酷い裏切りを知ったあとなら、なおさらそうなっても仕方がない。

『なんかさ、お前のおかげで吹っ切れそうな気がする。なんでだろうな』

ふと、杉原に言われた言葉を思い出した。

正式に結婚が決まったと人づてに聞かされた時、杉原はそう言った。そんなふうに言ってくれた。ほんのわずかだが希望が見えてきたのに、もし武井の結婚が破談になったりしたら、また元通りになってしまう。二人が恋愛関係に発展しなくても、杉原の心は再び武井でいっぱいになってしまう。

このまま、セックスフレンドで終わりたくない。

「あ、彼女との待ち合わせの時間なんで、俺もう行きますね」

「そうだな。婚約者によろしく言っといて。結婚式楽しみにしてますって」

「まだ早いですよ。日取りだって決まってないのに」

自分の中に芽生えた欲に驚くあまり、二人の会話なんてほとんど耳に入っていなかった。

躰だけでいいはずだったのに。いや、最初はたった一度でいいと思っていた。一度でいいから、杉原に抱いてもらえたらと思って勇気を出して慣れているふりをしたのだ。

それなのに、セックスフレンドになることを望み、それが叶うと今度は心まで欲しいと思うようになってしまった。

「じゃあ。また何かあったら連絡してください」

「お前が困った時もな」

部屋を出ていく武井に頭を下げ、それを見送る杉原の横顔を盗み見る。

武井の相手がどんな女か知ったら、その表情はどう変わるだろうかと、桐谷はぼんやりと思った。

杉原に彼女のことを言うべきだろうか。

武井の婚約者が一条妃彩だと知ってから、桐谷はずっと自分に問いかけていた。部外者である自分が余計なことを言うのは野暮な気もするが、こんな重要なことを知っていて黙っているのがいいことだとも思えない。

実はあれから武井の婚約者——一条妃彩について、調べてみた。フェイスブックで当時同じゼミを取っていた同級生を捜し、コンタクトを取ってみたのだ。卒業以来一度も連絡を取っていなかったが、少人数のゼミで二年間ともに学んだ相手だったからか、女性だったがさして警戒もせず気さくにメッセージを返してくれた。

そこまでするかと我ながら呆《あき》れるが、収穫はあった。

わかったのは、子供を実家の両親に預けっぱなしにし、就職したということだ。数年前の同窓会にも出ていたようで、その時の様子から、彼女が子供を必死に育てている印象はなかったのだという。それどころか、子供なんていないような態度が女性たちの反感を買っていたようだ。

彼女が自分に子供がいることを隠して武井と結婚しようとしているのは、間違いないだろう。

「なぁ、桐谷」

「え……?」

いきなり声をかけられ、桐谷は我に返った。

顔を上げると、杉原と目が合う。いつから見ていたのだと、仕事中に別のことを考えていた自分を迂闊《うかつ》だったと反省した。

杉原は、通販で購入したマットレスに書類を広げて仕事をしている。このところ連日の残業続きのため、かなり重宝していた。変に意識してしまうため、桐谷はなるべく自分の机で仕事をするようにしているが、仮眠を取る時は使わせてもらう。

「ちょっとこれなんだけどさ」

「はい」

呼ばれ、立ち上がって杉原の隣に腰を下ろして書類を覗《のぞ》き込んだ。

執務室に籠もってたまった書類の整理と資料の読み込みをしてるが、やはり気になるのは吹田の事件だ。少し前まで別の事件の資料を読んでいたはずだが、今杉原が見ているのは吹田の暴行未遂事件に関する書類だった。

先日、吹田の勤め先に二人で行った帰りに杉原が口にした台詞《せりふ》を思い出す。

『社長、左利きだな』

あれは、考えた挙げ句に放った言葉だった。まだ憶測の域を出ていないだろうが、可能性の一つとして頭の隅に置いているはずだ。

「あの社長、どう思う」

「どうって」

「社長なら、ロッカーに証拠品を入れることもできる」

「まさか……本当に疑ってるんですか？」

「ただ左利きってだけだから、疑うとまではいかないけど。そういうことをするタイプには見えないし。といっても、何回か会っただけじゃその人がどんな人物かなんてわからないけどな」

桐谷は、杉原の手元にある資料に視線を落とした。

吹田の事件があった時間。社長のアリバイはない。だが、その時間に帰っているのはめずらしいことではなく、確率としては七割といったところだ。他の二つの事件があった日も同じで、三日ともとなると確率はさらに下がるが、それでもあり得ない数字ではない。

特にフリーライターから聞いた被害者の事件は、夜中の三時近くだ。

「社長としては、自分の会社から犯罪者が出るなんて迷惑といった態度でしたね。厚意で雇ったのに、裏切られたような口振りでした」

「普通に考えたらそうだけど、もし自分の罪を誰かに被せられるならそれもいい隠れ蓑《みの》にはなる」

「確かにそうですよね」

「俺もまさかとは思うけど、可能性としては頭の隅に置いていいと思うんだ。そこに、なかなか事件が解決しない焦りとプレッシャーを抱えた警察が勇み足で捜査したとなると、冤罪《えんざい》の可能性は十分に考えられる」

疑っていたことが、少しずつ現実味を帯びてきて、自分たちがとんでもない事件を抱えている気がしてならなかった。冤罪というだけでも見過ごせないが、そこに警察の意図が絡んでいるとなると、問題はさらに深刻さを増す。

「吹田が風俗行く金がないって零してたことを同僚の口から言うよう急かしたのも、社長でしたね」

「ああ。あの人は言いたくなかったみたいだけど」

「ただ人がよくて協力的なのかもしれません」

「そう思わせて、捜査をある方向へ向かわせようという意図があるとも考えられる」

際限なく裏の裏を読み続ける自分たちに、二人は顔を見合わせて苦笑した。一度疑い始めると、何から何まで疑わしく思えてくる。印象ではなく、確実な証拠を積み上げていくしかない。警察の捜査に疑いを持っている今難しいことだが、それなら自分たちの足でなんとかするしかない。

「憶測はやめよう。真実は証拠が語ってくれる。証拠を揃えるんだ」

それは、桐谷に向かって言ったというより、自分に言い聞かせているようだった。必ず真実に辿《たど》り着いてやるという気持ちが、静かな言い方にもかかわらず滲《にじ》み出ている。

杉原のこういったところが尊敬する部分であり、好きになるきっかけにもなった部分だ。

「ねぇ。ところでお前、最近疲れてる?」

「え……?」

「特にここんとこ、よく考え込んでるみたいだからさ。なんか悩みでもある?」

「別に……そんなものないですけど」

再び武井の婚約者のことを思い出し、複雑な気持ちになる。

そのうち、聞かれそうだとは思っていた。武井の婚約者について黙っていることが罪悪感となり、それは日増しに大きくなっている。そして、様子が変だと思われているのも、わかっていたことだ。ずっと一緒に仕事をしているのだ。杉原が気づかないわけがない。

「疲れてるだけですよ」

「ただ疲れてるだけ?」

「ええ。そうですけど、どうしてです?」

彼女のことが言いにくいというより、自分ために黙っているのだ。もし、結婚が破談になったら、杉原と武井の距離が縮まって自分の入り込む隙《すき》などこれっぽっちもなくなる。

そんな打算的な考えで、言うべきことを言わないままにしている。

「そっか。ごめんな。俺みたいな奴と仕事してるから、お前も休む暇がないよな」

「何を今さら……」

「だって、最近うち来ないし」

意味深な言い方に、心臓が小さく跳ねた。杉原は微《かす》かに笑みを浮かべているが、少し困ったような顔をしている。

杉原とプライベートで会わなくなったのは、一条妃彩のことを黙っている後ろめたさに加え、最近見張られているような視線を感じることが増えたからだ。コンビニに夜食を買いに行った帰りに感じたのが初めてで、あの時はまだ半信半疑だったが、最近気のせいだと思えなくなった。

もし、担当の刑事が二人の行動をチェックしているのなら、泊まったりすれば二人の関係がばれてしまう。もし、そんなことになれば杉原のキャリアに傷がつくし、この事件の起訴を遠回しに強要されるかもしれない。もちろん、そんなことに応じる杉原ではないが、だからこそ、弱みになるようなことを相手に摑ませたくないのだ。

「俺とセックスフレンド続けるなんて、嫌になった？　仕事でも一緒だし、やっぱりそういう相手にするには近すぎるよな」

それは、ただの質問ではなく杉原の本音なのだろうか。

もう、この関係を終わらせたいのかもしれない。桐谷が女役だから、酔った杉原が押しかけてあんなことになったから、責任を感じて自分からやめたいと言えないのではないだろうか。

それなら、今ここでこの関係を終わらせることを提案すべきだ。

自分を取り巻く状況すべてが、そうしろと言っている。

「桐谷がやめたいなら、やめてもいいよ」

優しい口調で言われ、自分の心臓が鳴る音を聞きながら、桐谷は震える声で返した。

「そんなことは……」

言ってしまってから、自分の身勝手さを痛感せずにはいられなかった。せっかく不毛な関係をやめるきっかけを与えてくれたのに、どこまで往生際が悪いのかと嫌気が差す。

「無理してない？」

「ええ」

「じゃあ、とりあえずこのまま関係を続けていい？」

「そうですね。特に問題はありません」

どんな顔をしていいかわからず、事務的に言った。

「お前ってどんな話してる時も、冷静なんだな。わかりにくくて、逆にいろいろ探りたくなるよ」

優しげな目をされ、言葉がつまった。さりげなく視線を落として床を見る。

（どういう意味ですか……）

聞きたくても聞けず、ただ黙っていることしかできない。しばらくそうしていたが、ふいに杉原の気配が近づいてきて、桐谷は再び杉原に視線を遣った。魅入られるとわかっているのに、これ以上この男の魅力を目に映したらいけないとわかっているのに、目を合わせてしまう。そして、思っていたとおりそれは間違いだったと思い知らされた。

キスされる――これ以上、のめり込んではいけないとわかっているのに、抗《あらが》えずそっと目を閉じる。

「ん……」

唇を押しつけるだけのキスだった。顔を見ることができずに、唇が離れたあとも視線を落とすが、すぐに頬に手が伸びてきて、さらに深く口づけられた。くぐもった声が微かに漏れ、自分がこの行為に深く酔い始めていることを知る。

「あの……ここ……、どこか、わかってますか？」

「うん、わかってる」

杉原は、そう言いながらさらに唇を重ねてきた。すぐに息があがり、心が蕩《とろ》ける。このまま、抱き合いたかった。セックスがしたかった。肉欲から来るものと心が求めるもので、焦れて焦れてたまらない。しかし、ここは職場だ。無意識に杉原の胸を押し返すが、あっさりと手首を摑まれて動きを封じられてしまう。

「しないよ。さすがに……ここじゃ、やばいだろ」

そう言いながらも、杉原はキスをやめようとはしなかった。言葉と行動が、比例していない。杉原も、欲情しているのがわかる。それがただの性欲からくるものなのか、それとも別の感情からくるものなのか、わからなかった。知りたい気もするが、真実を知るのも恐い気がする。

「勃《た》ってる」

「……すみません」

股間《こかん》の状態を指摘され、桐谷は頰が熱くなるのを感じた。好きな人にこんなふうに触れられて、冷静なままでいろというほうが無理だ。

今の杉原は、最初に酔って桐谷のマンションに来た時と少し似ていた。身勝手な一面を覗かせた時と同じだ。強引で、こちらの都合を押し込めてしまう。

「もうちょっとだけ」

杉原は、にじり寄ってきてひそめた声で言った。

「あの……」

スラックスに手をかけられ、前をくつろげられる。さらに下着の中に手を入れられ、直接握られた。自分だけが触られているのが恥ずかしくて逃げようとするが、杉原は自分も同じ状態にしてから、二人一緒に握り込む。

杉原の手の中で張りつめている自分たちの卑猥《ひわい》な姿を見て、ますます昂《たか》ぶった。

「大丈夫。最後まではしない」

宥《なだ》めるような言い方に、このままこの男に流されたいと思った。あとでどれだけ後悔することになっても、今を手放すことなど到底無理だ。

「ぁ……っ」

「ごめ……、もうちょっといいだろ?」

ここでやめられたら、自分のほうが困る――声にはしなかったが、心ではしきりに懇願していた。

「たまってる?」

「最近……、してないんで」

あくまで冷たく言おうとしたが、声は上擦っている。

「俺も。お前以外とは寝てないよ。こういうの、初めてなんだ」

杉原の息もあがっていた。このまま押し倒され、スーツを剝ぎ取られるのではないかと思った。何かのきっかけで、理性を捨てて襲いかかってくるのではと……。

酔った勢いで初めて自分を抱いた時の杉原を思い出して、情欲を煽《あお》られる。しかし、同時に我慢している杉原も魅力的で、こういうギリギリの状態も捨てがたかった。

「セックスフレンドがいたことはあるけど、なんか……違う。仕事のパートナーでもあるからかな。なんて言えばいいか、わからないけど……こういうの、初めてなんだ」

「……っく、……んぁ……、……杉原、さ……」

「お前、いつもはクールだけど、やっぱり……ちゃんと、性欲あるんだな……」

「何言って…っ、……はぁ……っ、……何……」

「お前がそんな顔してるのが……不思議だ」

顔を覗かれたくないのに、しきりに表情を覗こうとするためその肩にしがみついた。

すぐにでも、射精しそうだ。杉原に弄《いじ》られていると思っただけで、我慢できずに漏らしそうになる。同時に、武井のことが脳裏をよぎり、こんなことをしていていいのかという疑問が桐谷を責めていた。快楽に流されそうになりながら、自責の念に苛《さいな》まれる。

「ぁ……、……はぁ……っ、……っ、……ん」

言わなければ。

あのことを言わなければ。

何度もそう繰り返しながら、目の前の男を誰にも渡したくないという独占欲が芽生えるのを感じた。自分にそんなものを主張する資格などないとわかっているのに、一度知ってしまった蜜の味が忘れられないのと同じだ。手放したくない。

(杉原さん……)

躰は貪欲《どんよく》に注がれる愉悦を恐ろしいほど貪《むさぼ》りながらも、心は溺れきることができない。

きっと、真実を知った武井が傷ついて電話してくれれば、桐谷の気持ちを知らない杉原はすぐにセックスフレンドのことなど放り出して武井のところに向かうだろう。

セックスどころかキスすらできなくても、心が届かなくても、杉原は武井を選ぶはずだ。そして、傷ついた人を全力で慰めるに違いない。見返りなど期待せず、ただその人のためになりたいという一心で、寄り添うだろうとわかっていた。

自分などが躰を差し出しても、武井という存在には絶対に敵わない。

そう思うと、傷が浅く済むうちに真実を言わなければと思うが、同時に別の感情がそれを阻止しようとする。

その心が、あの男のことでいっぱいになって自分が忘れられるくらいなら、ずるい人間のままでいたほうがいい。卑怯《ひきょう》でも、醜くても、敵わない相手と張り合うくらいなら、せめて真実が明るみに出るまでは、独占していたい。

いつか、自分のずるさが杉原に知られることになろうとも、今はこれでいい。杉原の好きな人が傷つくとわかっていて、あえてだんまりを決め込むことにする。

（好きです……、あなたが……好き、です……）

心の奥から湧《わ》き出した気持ちは、行き場もなく、桐谷の中をただ巡るだけだった。

武井が紹介してくれたフリーライターの女性は、田辺《たなべ》といった。

いかにもキャリアウーマンふうの女性を想像していたが、童顔で躰つきも小柄で、家庭的な印象があり、初めは人違いかと思ったほどだ。だが、少し話しただけで、信念を持っている人とわかった。その瞳の奥に、ジャーナリストとしての強い意志が感じられる。職種は違うが、真実を求めるという点では同志のようなものと言っていいかもしれない。

無理は承知のうえだったが、武井を通じて被害者女性に直接話を聞きたいと頼むと、数日後には連絡があり、実現することとなった。話を聞く場所は、彼女のマンションだ。検察官と検察事務官といえど、見知らぬ男性二人を自分のマンションに招き入れるのには抵抗があるだろう。かといって、外で話せるようなことではない。そこで、彼女が自分の部屋に呼ぶのはどうかと提案してくれた。

取材を通じて信頼関係も築いてきただけあり、被害者女性もそれならと応じてくれたようだ。感謝してもしきれない。

まず、被害者の女性が彼女の部屋に行き、心の準備ができてから近くで待機している二人のところへ携帯で連絡をしてもらう。二人が部屋に入ってしばらくは緊張で言葉数は少なかったが、少しずつ自分の身に起きたことを話してくれた。

「侵入の手口ですが、今言ったので間違いないですね？」

「はい。油断してたんです。上のほうの階だからって、窓の鍵を開けたまま寝てしまって」

「どうか、自分を責めないでください。すみません、つらいことを思い出させて。あなたを苦しめるために聞いたんじゃありません」

「はい」

杉原の言葉に頷く被害者女性の肩に、田辺が慰めるように手を置く。桐谷は、彼女にプレッシャーを与えないよう、質問はできるだけ杉原に任せて聞き役と記録することに徹した。

「写真を撮られました。それで、全部終わったあとにこれを見られたくなかったら、警察には行くなって。それで私……」

表情を曇らせる彼女の手を、田辺が握る。何度もそうやって勇気づけながら、彼女から言葉を引き出していく。頼りになる女性だ。

「それで、犯人の特徴は？　覚えている限りでいいので、教えて頂けますか」

「はい。ホクロがありました。左利きなのは、多分間違いないと思います。その……」

彼女が言い淀《よど》むと、田辺は握っていた彼女の手に力を籠めたのがわかった。無理しないよう杉原が言うと、被害者女性は首を横に振り、再び当時の状況を話し始める。

彼女の証言により、犯行途中の行動から犯人が左利きだという可能性が、より濃厚となった。被っていたキャップや上着の特徴も一致している。

最後に、吹田の写真を確認してもらおうと思ったが、さすがにそれは断られた。ホクロという特徴が一致していたことと彼女の精神的負担を考え、すぐに引き下がる。

「つらいことを思い出させてしまって、申し訳ありません。ですが、助かりました。勇気を出して頂き、感謝してます」

「そんな……」

部屋にいたのは、一時間ほどだっただろうか。用意していた質問にすべて答えてもらうと、二人は帰ることにした。彼女をマンションまで送る役目は田辺に頼み、部屋をあとにする。

「今日は本当にありがとうございました。あなたのご協力があったから、話を聞くことができました」

「いえ。真実を追求するためです。いくらでも協力します。武井さんにはお世話になっているので、これで借りを返すこともできましたし」

彼女と別れると、桐谷は杉原とともに駅までの道を歩いた。杉原が黙っているのは、頭の中で今日聞いた話を整理しているからだ。桐谷も自分なりにこれまでの情報を分析しようとするが、一つ気がかりなことがあって集中できない。

頭にあるのは、時々感じる監視の目だ。田辺のマンションに行った理由が担当の刑事に知られたら、また何かと厄介なことになるのはわかっている。

「どうかした?」

「あ、いえ……なんでも……。それより、どう思います?」

「被害者の証言にあった頬のホクロ。正直意外だったよ」

杉原は難しい顔をしていた。桐谷も同じ思いだ。

手口は、吹田の事件と酷似していた。事件が起きた時間も、侵入の経路も、写真も、その時の脅し文句も同一人物と言っていいほど酷似している。左利きの可能性が高いとわかり、右利きの吹田が無実だという見方が、より濃厚となったと言える。しかし、それと同時に、吹田の特徴であるホクロを被害者が口にした。

レンタル店でのアリバイ。あれは、吹田本人ではなかったのか。

吹田の犯行なのか、それとも手口が酷似しているだけの、まったく別の事件なのか――。

調べれば調べるほど、わからなくなっていく。ここまで来て、これまで疑っていた警察の強引な捜査による冤罪も疑わしくなってきた。少し勇み足だったかもしれないという思いが生じる。

それなのに、何かが引っかかるのだ。

「ここまで酷似してるのに、俺たちの担当してる事件と今日の彼女を襲った犯人が別の人間って可能性はあるかな」

「どうでしょう。ありがちな手口とはいえ、細かいところまで似てますし」

「行きづまりそうだな」

「とりあえず、もう一度レンタル店の店員に本当に吹田だったのか確認します。余罪で勾留《こうりゅう》を続けるのも、限界です。時間もないですし」

「くそ……、何か見落としてるのか」

杉原にしてはめずらしい物言いに、さすがの杉原も苛立ちを覚えているとわかる。それは、自分に対する苛立ちだ。真実を見つけ出すことのできない己に対する不甲斐なさが、そんな言葉となったのだ。

それほど難しい事件であることは、間違いなかった。

それでも、ここで中途半端に終わらせるつもりはない。自分の立場が悪くなろうと、とことん事件を調べて納得しないと起訴はしない。杉原が信念を貫こうとするなら、自分もついていくだけだ。補佐官として、どこまでも尽くす。

「心中する覚悟はできてますから。存分にやってください」

信念を貫けるよう自分の意志を改めて伝えると、杉原は少し驚いたような顔をした。

「桐谷……」

「早いとこ帰りましょう。もう一度事件を最初から見直したら、何か見えてくるかもしれません」

「そうだな。弱気になってる暇なんてないよな」

「弱気になってたんですか？　めずらしい」

「まぁ、時々なるよ」

「似合わないから、ならなくていいですよ。タクシー拾っていいですか。帰りながら、もう一度整理しましょう」

返事を聞く前に、空車で転がしているタクシーを見つけた桐谷は手を挙げて車を止め、すぐに乗り込んだ。そして、検察庁に戻って仕事を再開する。

資料に一から目を通しながらホワイトボードに事件に関する情報を書き出していき、見落としがないかチェックした。疑問点があれば、メモに書いて貼りつける。それを少し離れたところから眺め、客観的に事件を見てみる。

こうして物理的に全体を見るのも、事件を整理するのに役立つ。

資料を一から見直した杉原は、ホワイトボードに近づいていき、メモの一部を指でトントンと叩いた。

「まず、もう一度この日のアリバイを確かめるところからだな」

「はい。それは明日店に行きましょう」

「いつもつき合わせて悪いね」

「いえ、仕事ですから。あと、ホクロの件ですが、それがあるからって、吹田と決まったわけじゃないですよね」

「事件を起こす前から罪を着せようとしていた可能性、だよね」

「あり得なくはないです。ただ、証拠はありません。まだ憶測の域です」

調べ直す必要のあることを書き出していき、明日やるべきことをまとめる。通常の取り調べもあるため、休む暇はほとんどない。

「あ、もうこんな時間だ」

腕時計を見ながら、杉原が声をあげた。ここに戻ってきて、二時間以上が過ぎている。集中している時は気にならないが、いったん気が緩むといきなり疲れが出てきて、さすがに帰ろうということになった。

「あとは明日だな」

「ええ。とりあえずシャワー浴びてすっきりして仮眠を取りたいです」

「ここで寝ていけば?」

「いえ、シャワー浴びたいんで帰ります」

「そっか。でも、お前って本当頼りになるな。お前がいると、心強いよ」

「今さら何を改まって……」

頬が熱くなるのがわかり、見られないようさりげなく顔を背ける。

「あれ、照れてる?」

「照れてません」

「いや、照れてるよ」

「照れてません。変なこと言わないでください」

きつく言っても、杉原は優しげな笑みを崩さなかった。

「ありがとうな。本当に感謝してるよ。お前が俺の事務官でよかった」

俺の事務官——深い意味はないとわかっていても、その言葉が胸に染み込む。

嬉しかった。

こうして一晩一緒に事件解決のために仕事をし、そして自分を心強く思ってくれている。

たとえ恋愛対象にならないとしても、仕事上のパートナーとしては認めてもらえる。それで、十分じゃないか。恋人になれないなら、事務官として最高のパートナーになれれば、それでいいじゃないか。

そして、やはり武井の婚約者のことを自分の口から伝えるべきだという考えに至る。それで杉原の心が再び武井に向かうとしても、仕方がない。自分のことなど好きになってもらえなくても、今のような言葉をかけてもらえる人間であることが、大事だ。

「あの……」

言いかけた時、杉原がふいに真面目な顔をした。

「ん……」

重なる唇と唇——。

ほんの一瞬だった。押しつけられるだけの唇。キスとも言えないキスだ。唇が離れていくのを、混乱した頭で見ている。

「ごめん。なんか……急に、変な気分になった」

セックスフレンドとして躰を重ねることはあっても、こんなふうにキスしたことはなかった。

恋人のような真似をされて動揺するなというほうが無理だ。

「俺、最近変なんだ。お前のことばかり考えてる」

桐谷は、無言で杉原を見上げた。見つめてくる瞳の奥に、熱情があった。都合のいい思い込みかもしれなかったが、ジリジリと心を焼くような熱を感じる。

「お前のことばかり考えてしまうんだ」

「杉原さん」

どういう意味なのか、聞きたかった。どういう意味でそんなことを言ったのか、知りたくてたまらなかった。だが、同時に恐かった。

自分の胸の奥にある小さな期待が裏切られる瞬間を思うと、恐くて確かめることができない。

「ごめん、帰ろうか」

「そうですね。こんなことするほど疲れてるなら、さっさと帰りましょう」

冷たい口調で言うが、心の中は熱かった。心臓が高鳴り、杉原の唇の感触を何度も思い出してしまう。その瞬間をリピートさせてしまう。苦しくてたまらない。

言おう。

明日こそ、ちゃんと言おう。

武井の婚約者について、自分の知っていることを全部打ち明けよう。

何度もこの言葉を心の中に刻んだが、それができるかどうか自信はなかった。

5

武井《たけい》の婚約破棄の噂が流れてきたのは、吹田《すいた》のアリバイが間違いないと確認できてすぐだった。結局、あれから何度も武井の婚約者について言おうとしたが、それを実行する前に噂に先を越された。

アリバイのほうは、レンタルＤＶＤの店員に再度確認したのだが、あるはずのない防犯カメラの映像がたまたま残っていたことが発覚した。大手レンタルショップと違って管理がずさんで本来なら消されるはずのデータがそのままになっていたのが、結果的によかったと言える。

二つの事件が同一犯だという確信も強くなっていたが、拘留期限も迫っているため、正念場と言ったところだ。だが、黙々と仕事をしながらも、杉原《すぎはら》が何か気にかけているのはなんとなくわかった。それが、武井の件だろうということも……。

いずれその話は出てくるだろうと思うが、杉原から何か言われるまで知らないふりをする。

そして、その日はやって来た。

「なぁ、桐谷《きりたに》」

他の事件の取り調べが終わってすぐ、改まった言い方で呼ばれ、桐谷は「そらきた……」とばかりに身構えた。武井の噂を聞いてからずっといつこの話をされるだろうかと思っていただけに、緊張は隠せない。行きづまりかけた捜査が再び動き出し、本来なら杉原とともに意欲的に仕事をしていただろうに、今はそんな雰囲気ではなかった。

勾留《こうりゅう》期限もあと三日と迫っており、連日のハードなスケジュールに体力的にも限界に近い。

「武井の噂、お前も聞いただろ?」

「噂って、婚約破棄のことですか?」

「ああ。本人に電話して聞いたら、本当だって」

「そうですか。それは残念でしたね」

無関心を装ってそれだけ言うと、杉原は意気込むようにこう続けた。

「どうして婚約破棄になったのか、聞かないんだな」

「聞いたほうがいいんですか?」

「一条《いちじょう》って女、バツイチ子持ちだってこと隠してたんだって」

聞いてもいない武井のプライバシーに関わることを口にするのは、それを桐谷が知っていると確信しているからだろう。本人にすれば吹聴されたくないようなことを、平気で知らない人間に言うはずがない。

ああ、本当にばれてしまったんだな……、とぼんやりと考える。いつかこうなると思っていたが、その時が来ると、どう言っていいかわからない。自分からその事実を何度も告げようとしたが、それもできずにここまで来てしまった。

杉原の表情から、自分がどんなふうに見られているのかわかる。

軽蔑《けいべつ》されて当然のことをしたのだと、痛感した。

あの時、言えばよかったと後悔する。この部屋で吹田の事件を整理し、二人で話した時に言えばよかったのだ。ふいにキスをされ、お前のことばかり考えているなんて言われ、きっかけを失った。

けれども、それは言い訳だ。今日まで、何度もチャンスはあった。あったのに、結局言わなかったのは自分の意志だ。誰のせいでもない。

「子供を両親に預けて、子供はいないみたいに振る舞ってたって」

「へぇ」

机の上のものを片づけながら、桐谷は短く言った。杉原が自分をじっと見ているのがわかり、逃げ出したくなる。

「お前、同じ大学だったろ。彼女のこと、知らなかったんだよな?」

そこには、まだ桐谷を信じたいという気持ちがほんの少し残っていた。それがまた悲しくて、杉原の期待する返事ができないことが、申し訳なくなる。せっかく『お前が俺の事務官でよかった』と言ってくれたのに、台なしだ。

もう、終わりだ。いつかこうなるとわかっていた。ただ、先延ばしにしていただけだ。

杉原との個人的関係も、仕事上での信頼も、失った。

「なぁ、桐谷。答えてくれ」

「知ってましたよ」

相変わらず杉原の腕につけられている時計を見ながら、ここが潮時だと、正直にそう言った。冷たすぎるほど冷静に。でないと、感情が溢《あふ》れてしまいそうだ。

杉原を真正面から見据えると、苦しそうな顔をする。

「知ってて、どうして黙ってたんだ？　言えない事情があったんだろ？」

言えない事情――あったが、それを口にすることはできなかった。

自分がずっと杉原を好きだったなんて、今さら言えるはずがない。好きだから、もし武井が婚約者に裏切られて傷ついたら、杉原にチャンスが訪れるかもしれないから言わなかった。

そんな打算的な醜い自分を知られるのだけは、嫌だ。

そして、それほど強い想いを抱きながらセックスフレンドになってくれなどと言って、関係を持っていたなんて、粘着質できっと鬱陶《うっとう》しいと思われる。

自分の想いを知られたくない。

「何か言ってくれ、桐谷」

「別に、理由なんてないです。俺には関係ないですし、それに彼女の悪口言って恨まれるのも嫌だから」

「あいつはそんな奴じゃない。そんな筋違いなことするような奴じゃない」

武井の人柄をよく知っているからこそ言える台詞《せりふ》に、思わず嗤《わら》った。自分と武井の違いがそこにはあり、ますます胸が痛くなる。

そんなに好きなのかと。そんなに愛しているのかと。

武井への信頼を見せられるほどに傷ついていく自分をどうすることもできず、自虐的に嗤ってしまう。嗤っている桐谷をどう思ったのか、戸惑うような怒っているような、そんな複雑な表情を浮かべている。

「どうして、そんなふうに嗤うんだ」

「だって、おかしいじゃないですか」

「おかしいって……何がだ」

「おかしいですよ」

それは、武井に対するものではなく、自分に対するものだった。

杉原が失恋したのをいいことにつけ込んで躰《からだ》の関係を結び、それだけでは飽き足らず自分はゲイだと嘘をついてまでセックスフレンドの座を手に入れた。それなのに、あっさりと武井に持っていかれる。どんなに想いを寄せても敵わないとわかっていたはずなのに、それを見せられて、ようやく杉原の中での自分の価値に気づいた。

傷つく資格すらないのに、傷ついている。杉原の武井に対する想いの深さに、傷ついている。

「どうして嗤うんだ?」

杉原の問いに、心の中で答えた――ずっと好きだったから。自分が、惨めだから。あまりに滑稽《こっけい》だから……。

目頭が熱くなる。堪えなければと、桐谷はわざと冷たい言葉で武井を侮辱した。

「だって、検察官なんて仕事に就いてても、有能だって言われてても、くだらない女に引っかかるところがまぬけというか」

「お前、何言って……」

「エリートも、女を前にすればただの男ってことですよね」

「おい、桐谷。そんなふうに言うな」

「でも、エリートだからこそ女で失敗するなんて、よく聞きますし。仕事でいろんな人間を見ていても、自分の好きになった相手のことは見抜けないなんて。彼女を信じきってたんでしょうけど」

「桐谷っ」

制されるが、やめなかった。まるで何かが乗り移ったかのように、心にもない言葉が次々と出てくる。

「だけど、本当にわからないもんですかね。つき合っててておかしいって思わなかったのかなって……。恋は盲目っていうけど、盲目すぎて笑えますよ」

どう言えば、よりひどく武井を侮辱できるだろうとすら考えていたのかもしれない。

「ちょっと信じられないけど。あなただってあの人に貰った時計を未練がましく大事にしてるくらいだから、武井さんが優秀な検事でも女にコロッと騙《だま》されるなんて、めずらしいことじゃあ……」

「いいから黙れって！」

滅多に怒鳴らない杉原の怒鳴り声に、ようやく止まった。自分が何を言ったのか、細かいところまであまり覚えていない。ここまでひどく言う必要があったのかも、わからない。

「そんなふうに言うな。お前がそんなことを言うのは、見たくない」

嚙《か》み締めるように放たれた言葉は、軽蔑したくないという気持ちの表れだった。裏を返せば杉原が軽蔑するようなことを口にしたということだ。

恋愛対象にならないなら、事務官として、せめて仕事上のパートナーとして、誰よりも杉原の信頼を得られるようになりたいと思っていたが、それももう叶わぬ夢となってしまった。自分の知る真実を言えず、ダラダラ先延ばしにした結果がこれだ。

もし、桐谷が手に入れた関係にいつまでも未練がましく縋《すが》らずに真実を伝えていれば、ここまでひどいことにはならなかっただろう。欲を出した結果、こうなったと言っていい。

今の自分は、杉原が一番嫌う人間だ。

「なんとか言ってくれ。黙ってた理由があるんだろ？」

「ないですよ、そんなもの。それに、今他人の恋愛沙汰に首を突っ込んでる余裕なんてないでしょう？　馬鹿馬鹿しい。今は事件のことだけに集中すべきです」

「わかってるよ。俺も、この事件が解決してから聞こうと思ってたよ」

「じゃあどうしてそうしなかったんです？」

「わからない。ただ、確かめたかった。それに、ひとこと教えるくらいなんでもないだろ？」

「そうですね。でも、そうしようと思わなかっただけです。理由なんてありません」

心を隠し、杉原の目を睨《にら》むように見ながら言う。

「俺、こんな性格ですし……。正直、武井さんの婚約者のことを言ってあれこれ巻き込まれるのは、面倒だったんです」

「面倒って……そういうこと、言うなよ」

静かに、だが、ため息交じりに放たれた言葉は、終わりを思わせた。

疲れたように俯《うつむ》く杉原を見て、女に裏切られて傷つけられた武井のために心を痛める杉原の気持ちが、痛いほど伝わってくる。

「こんな奴ですみませんね。セックスフレンドも解消ですよね。事件も解決の糸口が見えてきましたし、少しは仕事が楽になるからストレスも今ほどため込まないでしょうし。今までどうもありがとうございました。じゃあ」

わざと事務的な態度で自分から関係の解消を口にすると、桐谷はカバンを手に検察官室を後にした。

杉原に何も言わせず出てきたのは、どんな答えが返ってくるかわかっていたからだ。杉原のことだ。酷い言葉を浴びせたりはしないだろう。けれども、どんな言い方をされても同じだ。

わかったよ――関係解消の言葉にあっさりと同意するたったそれだけの言葉ですら、聞きたくなかった。もし、杉原の声でその言葉を聞かされたら、堪えきれなくなる。きっと感情を抑えられない。抑える自信がない。涙など流したら、最悪だ。

桐谷はビルを出て、駅とは逆の方向に黙々と歩いた。早く杉原の目の届かないところに行きたくて黙々と歩いた。偶然見られるなんてことがない場所に、早く行きたかった。

立ち止まり、誰も追いかけてきていないことを確認すると、深くため息をつく。

もう、これ以上歩けない。

路地は人気《ひとけ》があまりなく、時々仕事帰りのサラリーマンやＯＬが通るくらいだ。車も入ってこない。

（終わった……）

改めて噛み締めると足に力が入らなくなり、よろよろと足元をふらつかせながらビルの壁に手をついた。そうすると今度は立っていることすらできなくなり、その場にしゃがみ込む。

もう随分と暖かくなってきて、道を歩く人々の装いは軽くなった。街を彩るすべてのものの色味も明るい。

それなのに、凍えそうだ。心の奥に、氷の塊がある。

「はは……」

片手で顔を覆うようにしながら、力なく嗤う。

「ははは……、……っ、……は……、……っく、……ぅう……っく」

すぐにそれは嗚咽《おえつ》となり、感情を殺すことができなくなった。靴音が聞こえた。杉原ではない。女性のパンプスだ。それは道を挟んだ向こう側に移動し、桐谷の近くを足早に通り過ぎていく。

男がこんなところで泣いているなんて、さぞ気持ち悪いだろう。

わかっているが、涙を拭《ぬぐ》って立ち上がることができなかった。時折来る通行人にジロジロ見られているのがわかるが、泣くことしかできない。

「ぅう……っく、……ふ……っ、……ぅ……っ」

やめておけばよかった。杉原と関係を持つなんて、やめておくべきだった。見ているだけで満足しているべきだった。欲を出した結果が、これだ。

どうしてセックスなんてしたんだろう。人間は欲深くて一つ望みを叶えたら次、また次と際限なく欲しがる生き物だってことは、仕事を通じて何度も見てきた。そうやって、欲に溺《おぼ》れていた人は罪を犯すのだ。一度躰を繋《つな》げば、心も欲しいと思うようになるなんて、わかりきっていたことだ。愚かすぎる。

それでも、欲しかった。一時的だとわかっていても、偽物だとわかっていても、杉原と一緒にいたかった。それだけ、好きだったのだ。偽りでもいいと思えるほど、好きだった。

どのくらい泣いただろう。

泣いて感情を吐き出したからか、ようやく立ち上がる気になり、桐谷はハンカチで涙を拭った。

もう、帰ろう。

帰って、風呂に入って、一晩寝て、明日杉原と会った時、何喰わぬ顔で仕事をする。おそらく、杉原はもうこの件に関して何も言わないだろう。そして、軽蔑されたまま関係は終わってしまう。せっかくの信頼も失ってしまうが、自業自得だ。

その時、携帯が鳴った。

一瞬、杉原と思いドキリとしたが、表示されているのは知らない番号だ。

「……はい」

『あ、あの……桐谷さんの携帯でしょうか？』

声は、女性のものだった。元村七恵《もとむらななえ》だ。すでにマンションは引き払って実家に帰っている。一度杉原とともに話を聞きに行ったが、その帰り際、彼女は何か言いたいことがあるような態度だった。

『思い出したことがあるんです。杉原さんという方にお電話したんですけど、お話し中なのか留守電になっていたので、こちらに……』

桐谷ができるだけ早く話を聞きたいと言うと、彼女のほうもすぐにでも聞いて欲しいと言って会うことになった。胸につかえているものがあるのだろう。その気持ちは、電話からも伝わってきた。

「これから行きます。どこがいいですか？　ご実家なら今から……」

『いえ。実家より、外がいいです。どこか、人がたくさんいるところのほうが』

桐谷は彼女に会う場所を指定してもらうと、雑居ビルのトイレに入って顔を洗い、店に向かった。移動しながら杉原に連絡したが、留守電になっていたため、元村とこれから会うから留守電を聞いたらすぐに連絡をくれというメッセージを残す。

自分の嘘がばれた直後に会うことになるなんて、気が重かった。よりによって……、と思うが、そんなことは言っていられない。むしろ、この状況で会うほうがいいと桐谷は覚悟をして、彼女が指定する店へと向かった。


待ち合わせの場所に着いたのは、それから約三十分後のことだった。移動途中で杉原から連絡があり、すぐに合流すると言われた。電話を切る直前何か言いかけたが、仕事の話でないのは明らかで、店で待っていると杉原の言葉を遮ってそのまま切る。

店は通りに面した場所にあり、全面ガラス張りになっていた。店内は七割ほどが女性だが、スーツを着た男性の姿もある。

「すみません。急に呼び出してしまって」

「いえ、構いませんよ。杉原もこちらに向かってます」

彼女と向かい合わせになって座ると、いきなり話を聞かずにコーヒーを注文した。心の準備はしてきただろうが、様子を見ながら慎重に話を聞くことにする。これ以上、彼女に精神的負担をかけるわけにはいかない。

コーヒーが出てくると、杉原は彼女に近況など事件とはあまり関係ないことを聞いた。少しの間、そうやって会話をしていると、ようやく彼女が勇気を振り絞るように告白する。

「私……自信がなくなって」

思いつめた声だった。この言葉を口にするまで、どれだけ悩んだだろうと思う。

「面通しですか？」

「はい。あの……本当は、はじめから自信がなかったんです。でも、警察の方に百パーセントの自信なんてなくていいって……それが普通だって言われて……それで……。違うかもしれないって頭の隅にあったんですけど、特徴が一致してたから」

「特徴というのは、顔のホクロですか」

「はい。ホクロだけで、あの人だろうって思って。警察の方もそうおっしゃってて、だから私、本当にあの人だと……。それに、マジックミラーだって言われても、私を襲った人かもしれないと思うと恐くて……ずっと見ていることもできなくて……。でも、私の証言でもし無実の人が……、……そんなことになったら、恐くてどうしたらいいかって……ずっと……」

最後のほうは、ほとんど声になっていなかった。

罪があるのなら、警察だ。面通しは被害者の心情を汲み取って、慎重にやるべきだった。特にこういった事件では、自分の姿が相手に見えないとわかっていても、面通しするのは恐いだろう。

それなのに、配慮するどころか被害者の心情を悪用し、自分たちに都合のいい証言を引き出した。そして、そのことが彼女をさらに苦しめることになっている。無実かもしれない相手を、犯人と断定し、勾留させてしまった罪の意識は、どれほど彼女の心を蝕《むしば》んでいるだろう。今日まで、ずっと心に抱えてきた。

「ごめんなさい。早く言わなきゃいけなかったのに……」

「いえ。遅くはないです。まだ取り調べは続いてます。勇気を出して頂いてよかったです」

警察による誘導が、濃厚になってきた。初動が上手く行かず、犯人逮捕が遅れ、焦っていた。そして、ようやく見つけた吹田という、犯罪歴のある男。アリバイもなく、特徴が一致していた。この男が、犯人だと確信しただろう。必ず自分の罪を吐かせてやると、意気込んでいたはずだ。

だが、時にそういった強い思いは暴走する。この男こそ犯人だという確信が、多少の矛盾には目を瞑《つぶ》る愚行に走らせた。把握している情報を、握り潰《つぶ》している可能性もある。

「どうか心配されないでください。あなたが心配するようなことにならないよう、最善を尽くしますので。あ、ちょっと失礼します」

携帯に着信が入り、桐谷は彼女に断って席を立った。杉原だ。

「俺です。今どの辺りにいますか？」

『近くにいるはずなんだけど、タクシーで移動中だ』

店の名前を確認した杉原が、運転手にそれを告げているのが電話越しに聞こえてきた。目印を言うと、車の中から見えるという。

『もしかして赤い看板の店？』

「ええ、そうです」

『あった。今タクシーを降りるよ』

外を見ると、ちょうど店の前の道路にタクシーが停まるのが見えた。あれだ。

腹は括《くく》ったはずなのに、車内にいる杉原の姿を見て逃げ出したくなった。顔を合わせづらい。会いたくない。帰りたい。消えてしまいたい。

そんなふうに甘ったれたことを考える自分を叱咤《しった》し、気持ちを切り替える。吹田《すいた》の事件の真相が見えてきたのだ。余計なことを考えている場合ではない。

その時、女性の悲鳴が聞こえた。さっきまで自分が座っていた席からだ。

（え……？）

声のほうを見ると、元村が慌てて席を立って逃げようとしているのが見えた。恐怖からか、足がもつれて尻餅をつく。あの怯《おび》え方は普通ではない。

彼女の視線は、桐谷たちの席のすぐ後ろの客に注がれていた。

そこには、見たことのある男がいた。吹田と背格好の似た愛想のいい男だ。今まで二度会ったが、どちらも笑っていた。けれども、今は違う。

「太田《おおた》さん？」

声をかけると、青ざめた顔で桐谷を見て立ち上がる。

間違いない。タクシー会社に聞き込みに行った時に話をしてくれた、吹田の同僚だ。彼も彼女が自分に怯えているとわかったらしく、逃げるように店を出て行こうとする。

レジを素通りしたのを見て、咄嗟《とっさ》に追いかけて腕を摑《つか》んだ。

「待ってください。代金払ってませんよ」

「うるせぇ！　放せ！」

「ぐ……っ！」

殴られ、悲鳴が店内に響き渡った。この状況なら、無銭飲食で現行犯逮捕できる。太田を取り押さえようとして、揉《も》み合いになった。食器が割れ、床に散乱する。巻き込まれまいと立ち上がった客たちが、二人を取り囲むように見ている。

「誰か、警察を！」

そう叫んだ瞬間、突き飛ばされた。さらに悲鳴。

腹部に強い衝撃を受け、桐谷は躰をくの字に折り曲げながらふらふらと後退《あとずさ》りした。店内にいた客が、血相を変えて次々と外に向かっているのが視界の隅に映る。それが回転し、目の前に床が迫った。

（何……？）

自分に何が起きたのか、すぐにはわからなかった。床に横たわったまま、客たちが外に逃げていくのをただ見ていることしかできない。カフェから次々と出てくる人を見て、通行人が驚いているのがガラス越しに見えた。

遠巻きに店内の様子を見ている者。驚いて逃げる者。様々だ。

その中に、杉原がいた。駆け寄ってきて、両手をガラスについて何か叫んだのがわかった。必死で桐谷に向かって訴えている。

なぜ、そんな顔をするのだろうと思った。あんなに必死な表情を見るのは、滅多にない。

「早くしろっ！」

太田の声に、我に返った。若い女性店員にナイフをつきつけ、店のドアを施錠させているのが見える。さらに、ブラインドも下ろさせていた。

倒れたまま店内に視線を巡らせると、滅茶苦茶になっている。テーブルも椅子《いす》も倒れ、食器は割れ、食べ物は散乱して、飲み物で床が濡《ぬ》れていた。

ひどく暴れたものだ。三人以外、店内に人は残っていない。

腹部が熱くて手を遣り、ようやく自分に何が起きたのかわかった。血だ。刺されている。

「……ぁ……」

もう一度、外を見た。まだ、杉原は何か叫んでいる。

「すぎ……は……、……さ……」

名前を呼ぼうとしたが、その姿はブラインドの向こうに消えた。さらに電灯が消え、店内が真っ暗になる。先ほどの騒ぎが嘘のように、静かだった。

ただ、女性店員の啜《すす》り泣く声だけが聞こえている。

「黙れ！　うるせぇんだよ！　――くそ……っ、くそっ、――くそ……っ！」

太田は何度もそう吐き捨てた。聞き込みに行った時とは、まるで違う。別人のようだ。こんな一面があったなんて、信じられない。

なぜ、太田がこんな行動に出るのか――。

桐谷は、ぼんやりする頭で考えた。答えはおそらく、今回の事件の真犯人が、太田だからだ。

そう推測すると、合点がいく。

一度は社長を疑ったが、太田でも吹田のシフトを把握することは、可能だ。窃盗《せっとう》の手口を本人から聞いたのかどうかはわからないが、少なくともなんらかの形でその情報を入手した太田は、手口を利用してマンションに侵入し、女性に暴行を加えた。被害者の写真を撮り、さらには吹田の特徴であるホクロを利用し、万が一自分に捜査の手が伸びても逃れられるよう準備していた。

ロッカーに証拠品を入れるのも、太田なら簡単にできる。

そして、今回の事件で被害者女性に反撃された太田は、女が警察に駆け込んで被害を訴えると考えて証拠を捏造《ねつぞう》し、早期解決を目指す警察の強引な捜査が、不運にも太田の目論見と合致した。

思い通りにコトが運び、さぞ気分がよかっただろう。上手く行きすぎて、笑いが止まらなかったに違いない。けれども、杉原が起訴を保留にし、聞き込みにやってきた。捜査機関がまんまと騙されたと思っていた矢先に、現実を見せられた。

気がかりだったに違いない。一度上手く行くという確信があっただけに、焦りも大きかっただろう。だから、監視を始めた。

時折感じていた視線は、おそらく太田のものだ。

桐谷が被害者女性と会っているのを見て、どうしても内容を聞かずにいられなかったのだろう。吹田が逮捕されて、かなり経つ。

二人がいる後ろのボックス席に紛れ込んだまではよかったが、被害者に顔を見られ、しかも犯人だと気づかれた。

「上だ！　上に行け！」

女性店員がナイフで脅されながら、階段を上っていく。スーツの襟を摑まれ、桐谷も二階席のほうへと引き摺《ず》っていかれた。されるがままだ。

「こんなこと……しても、……っ」

「うるさいっ！　貴様は黙ってろ！」

息ができなかった。酸素が上手く入ってこない。

二階に行くと太田は窓のブラインドもすべて女性店員に下ろさせ、その間から外を窺《うかが》っていた。野次馬たちが集まっているのがわかる。警察もそろそろ到着している頃だ。パトカーのサイレンが聞こえる。

「上手く行くはずだったんだよっ！　あんたらが来るまでは、順調だったってのに！　ちくしょう！」

太田は、理性を失っていた。パニックになっている。冷静に考えれば、こんなところに立て籠《こ》もったところで、なんの意味もないとわかるはずだ。人質を取ったからといって、逃げられるはずがない。

そもそも逃げてどうするというのだろう。

時間の問題だ。いずれ、警察が突入して逮捕される。

「このまま、……罪を……さらに……」

「うるせぇって言ってるんだよ！　黙れ！　黙れ！　黙れっ！」

太田は手に血のついたナイフを持ったまま、ウロウロし始めた。その苛《いら》ついた様子に、女性店員はただ小さく蹲《うずくま》って怯えるだけだ。

彼女だけでもなんとか逃がせないものかと考えるが、そんなことができる力は残っていなかった。


寒かった。

まるで、極寒の地にいるようだ。指先や爪先の感覚がほとんどない。体温が急速に奪われているのがわかる。白い床に、血がついていた。一階から連れてこられる時についた、引き摺られた跡だ。急所は外れているようだが、どのくらいもつのかわからない。何時間か、何十分か、何分か――。

太田は、まだナイフを手にぶつぶつ言いながら店内をうろついていた。店の隅には、女性店員が膝を抱えて蹲っている。彼女も、精神的に限界かもしれない。

そして、桐谷ももう気力がもちそうになかった。次第に弱気になっていく。もういいと、心が諦《あきら》めに支配されていく。

（杉原さん……）

最後に見た杉原の表情が、忘れられなかった。

このまま死ねば、もう二度と会えない。言葉を交わすことすらできない。

まさか、こんなことになるなんて思っていなかった。明日は、当然来るものだとばかり思っていた。本当はそんな保証などどこにもないのに、なんて愚かなのだろうと思う。後悔しない生き方が、なぜできなかったのだろうと……。

それを悔やみながら、少し前に自分が杉原に放った言葉を思い出す。

『だって、検察官なんて仕事に就いてても、有能だって言われてても、くだらない女に引っかかるところがまぬけというか』

どうしてあんなことを言ったのか、自分でもわからない。気持ちを隠すためとはいえ、あそこまで言う必要はなかった。あそこまで武井を侮辱する必要はなかった。そんなことはわかっている。

言い訳をするなら、抱いてもらうために遊んでいるふりまでしたなんて、杉原に知られたくなかったのだ。そんな面倒な奴だと、思われたくなかった。

本音を見せるべきだったのか、せめて人として軽蔑されない人間のままでいるべきだったのか。考えるが、わからない。

「……っく、……っ、……ぅ……っ」

刺されたところだけが、熱かった。もうどのくらい血が流れたのかわからない。

後悔ばかりだ。ずっと後悔ばかりしている。

本当に死ぬかもしれない。本当に、このまま自分の人生が終わってしまうかもしれない。それもいい。こんなに苦しいなら、終わってしまってもいい。

そう思うが、死を意識すると自分の本当の気持ちが次第に見えてくる。

嫌な奴のまま、死ぬのか。

(杉原さん……)

桐谷は、杉原と関係を持つようになってからのことを思い出していた。

杉原は、紳士だった。躰の関係を結ぶようになっても、セックスばかり求めてくるようなことはせず、一人の人間としてつき合ってくれた。泥酔した時の身勝手な一面を知っているだけに、普段の理性的な態度がより魅力的に思えた。

桐谷の私生活にも、関心を寄せた。もっと知りたいとも言ってくれた。

杉原に言われた嬉《うれ》しかった言葉が、次々と浮かんでは消えた――『道連れになる覚悟くらい、できてますから』だって？　――敦哉《あつや》のおかげで、つらくなかったよ――ありがとうな。本当に感謝してるよ。お前が俺の事務官でよかった――俺、最近変なんだ。お前のことばかり考えてる。

こうなってみて、ようやくわかった。

嫌だ。誤解されたままだなんて、嫌だ。このままでは、杉原の中で自分は嫌な男だったとい

う記憶しか残らない。女に騙された武井を嗤いながら侮辱するような、そんな男だと思われた

ままだ。あれが最後の会話だなんて、死んでも死にきれない。

真実を知っているのは、自分だけだ。なぜ武井の婚約者について黙っていたのか、本当の理

由を知っているのは、一人しかいない。

ここで死ねば、二度と弁解はできないのだ。嘘は嘘のまま、杉原の真実となって残るだろう。

いや、こんな男の言ったことなど忘れるだろうか。あのひどい暴言を覚えていることすら腹立

たしく思って、忘れ去るかもしれない。その存在をも消されるかもしれない。

「あーっ、うるせぇうるせぇっ！　うるせぇっ！」

一階で店の電話が鳴っていた。警察だろう。交渉をしようと試みている。しかし、太田は苛

ついた様子でテーブルを蹴り上げて階段を塞ぎ、椅子を持ち上げて叩《たた》きつけるようにしてバリ

ケードを作った。女性店員の啜り泣く声が、ずっと聞こえている。

それを聞いていると、なんとか助けなければと思った。嗚咽《おえつ》は、今回の事件の捜査を通じて

見てきた女性たちの痛みのようだ。

（そ……、だ……、電話……）

桐谷は、自分のスーツのポケットにスマートフォンがあることを思い出した。取り上げられてはいない。

自分が倒れたテーブルの陰になったのを見計らい、ポケットに手を入れた。スマートフォンに当たった。震える手でそれを取り出し、躰で隠しながら杉原に電話をかけた。

せめて最後は他人のためになることをしてから、終わりたい。彼女が蹲っている場所など、中の状況を警察に伝えられたら、無傷で救出されるかもしれない。それができたからといってなんの償いにもならないが、それでも今自分ができるのはこれしかないと思った。

コール音。途切れた。無言。

桐谷からの着信に、恐らく何をしようとしているのか察したのだろう。

一階で鳴り続ける店の電話の音に紛れて、中の状況を伝えようとした。女性店員の蹲っている場所。太田の状況。しかし、声が出ない。息が微《かす》かに出ただけだ。

「何やってんだぁ！」

太田が駆けつけてきたかと思うと、手を蹴り上げられる。スマートフォンは手から離れ、壁にぶつかって落ちた。失敗だ。状況を何も伝えることはできなかった。

「てめぇっ、今何しやがった！　えっ！」

ナイフが自分に目がけて振りかざされたのが見えた。暗闇の中に光る青白い刃。

「きゃぁぁぁあああー……っ！」

悲鳴とともに、ものすごい音が聞こえた。警察だ。突入してきたのがわかった。うっすらと開けた目には、機動隊らのブーツが映っている。何人もの機動隊員により、太田が取り押さえられているのがわかる。

これで、助かる。だが、もう感覚がなかった。せめて、最後に杉原と話がしたい。

無理だ。ここに杉原が来られるはずがない。

「杉、原……、……さ……、……っ」

もう一度。

もう一度だけでいい。

嘘だと。心にもないことを言ったと、伝えたい。許されるのなら、弁解したい。

自分の周りに人が集まってきて、仰向《あおむ》けにされたのがわかった。ネクタイとベルトを緩められている。救急救命士だろう。大声で叫んでいるのが遠くのほうで聞こえる。

「聞こえますか！　しっかりして！　今処置をしますからね！　がんばってください！　酸素吸入。バイタル取って」

「はい」

「レベル200‐A。他に出血は？」

「ありません」

「リンゲル用意」

何人もの救急救命士が、自分を取り囲んでいる。必死で命を救おうとしてくれているのがわかった。腕に何かを巻きつけられたりしているが、よくわからない。

何か言われているが、次第に内容が理解できなくなっていった。運び出される。

空気が、変わった。外だ。

「桐谷っ！」

杉原の声が聞こえた気がした。それが、自分の記憶の中のものか、現実のものかはわからない。ただ、嬉しくて、自分の名前を呼ぶ杉原の声をもう少し聞いていたいと思った。できれば、その姿を見たいと。だが、目を開けることはできない。

「桐谷っ！」

「下がってください」

「同僚なんです！　桐谷っ！　しっかりしろ！　桐谷っ！」

何度も、名前を呼ばれた気がした。

嘘でもいい。夢でもいい。

最後に、杉原の声を聞けただけでよかった。もう十分だ。

（杉原さん……）

もう、何も見えなかった。

目を開けた時、桐谷は自分がどこにいるのかわからなかった。寒くてたまらなかったのが嘘のように、躰は暖かく、心地いい。

（ここ……どこだ……？）

意識がまだはっきりせず、まるで水の上を漂っているかのようだった。苦痛はないが、その他の感覚もほとんどないと言っていい。自分は死んでしまったのかと思い、それもいいと納得した。

もう終わってしまったのなら、これ以上つらい想いをしなくて済む。何も感じなくなるのだ。

杉原への思いも、苦しみも、後悔も、何もかも消えてしまう。

少し寂しいが、抗《あらが》う力は残っていない。

「桐谷……」

どこからか名前を呼ばれ、なぜか安堵《あんど》した。

この声は、よく知っている。耳に馴染む柔らかな声。

なぜ、杉原が自分の名前を呼んでいるのだろうと思う。想像の産物なのかもしれない。ひどいことを言って傷つけたのに、こんなふうに呼んでもらえるはずはない。

どちらにしろ、返事をする力などなかった。

「……桐谷……、……って、……よかった……、……に……、……かった」

手が暖かくなり、手を握られていると感じて握り返す。力は入らなかった。ただ、もう少しこのままでいたいと思った。この心地よさを手放したくない。

「……んで……、……かったんだろうな……、……」

途切れ途切れに聞こえてくる声に、ただ耳を傾ける。

「もう……、……から……な……、……絶対に……、……」

内容はあまり聞こえなかったが、切実に訴えてくる気持ちだけは、なんとなく理解できた。

後悔と深い反省が、そこには感じられる。

やはり、これは夢だ。

後悔しているのは、自分のほうだ。深い反省をすべきなのも、自分だ。

そう思い、せめて夢の中でくらいちゃんと謝ろうと、動かない躰で必死に声をあげる。

「……ごめ……、……な……、さ……」

かろうじて、それだけ口にした。

安堵からか、優しい闇が自分を包み込もうとしているのがわかった。再び意識が遠のいていき、抗わずに身を任せる。少しずつ躰が沈んでいくようだった。それに伴い、他の感覚が遠のいていく。再び何も聞こえなくなり、手を握られていたような感覚もなくなった。

そして、次に目を開けた時。隣にいたのは、看護師だった。

点滴の輸液を取り替えている。

「あ、目を覚まされました？」

「……っ、……ぁ……の」

病室だった。白い天井とベッド。点滴の輸液が落ちているのが見える。今度は意識がはっきりしていて、自分が置かれている状況を冷静に見ることができた。

被害者女性の話を聞くために向かったカフェで、桐谷は太田に刺され、二階に引き摺っていかれた。どのくらい中に立て籠もっていたのかわからないが、中の状況を伝えようと杉原の携帯に電話し、それに気づかれた。逆上した太田に再び刺されてもおかしくなかったが、警察が突入してきた。

その時の様子は、覚えている。救急救命士たちが、自分の命を繋ごうと必死になってくれたのも、覚えている。あの人たちのおかげで、自分は助かったのだ。

ぼんやりと自分が生きていることを実感していると、看護師が顔を覗《のぞ》き込んでくる。

「気分はどうですか？　今先生を呼びますからね」

「……俺……、助かった……ん……、……ですよね」

「ええ、もちろん。手術は無事成功しましたよ。もう心配はいりません。長い時間放置されたので出血は多かったようですが、傷自体はそう酷くはないです。内臓の損傷も軽かったです。すぐに先生がいらっしゃいます。そのまま安静にしていてください」

「……はい」

病室を見回したが、もちろん杉原の姿はなかった。今は昼頃なのか、カーテンの向こうは光で溢れている。見ているだけで心地好くなる光だ。

布団の中からゆっくりと手を出し、それを眺めた。まだ杉原の手の感覚が残っている気がする。桐谷は軽くため息をつき、嗤った。そんなことは、あり得ない。

ほどなくして、担当医が病室に入ってきた。

太田の立て籠もり事件は、吹田の事件に大きな進展をもたらした。

杉原が睨んでいたとおり、吹田は警察の誘導により自白した冤罪被害者で、太田が真犯人だというのが確実となった。そのニュースを、桐谷は病室のテレビで耳にした。入院している間に捜査はさらに進み、事件は引き続き杉原が担当することになっていると見舞いに来た検事正から聞いた。

太田への取り調べにより、吹田が自分のタクシー会社に雇われると聞き、その侵入手口を真似て犯行に及んだことが判明。それ以前にも、太田は一度女性を襲ったと自供している。

その時は、人気のない夜道で車に引きずり込もうとしたが失敗し、吹田が窃盗を働く際に使った手口を真似て、ワンルームマンションの部屋に侵入するという方法に変えたのだという。

太田がどうやってその手口を知ったのかは、まだはっきりしていないが、吹田へ罪を被せようという考えに至ったのもその時だ。警察の強引な捜査が、その思惑と見事合致したと言える。

吹田にとって、あまりに不運な偶然だった。

昨今、取り調べの透明性について取り沙汰されているだけに、今回の事件はより多くの関心を集め、さらに警察組織のあり方について一石を投じる結果となった。

杉原は何度か病院に足を運んだと聞いているが、結局、病室でその顔を見ることはなかった。

最初に目を覚ました時、傍にいた人が杉原かどうか、今もわからない。

そして、退院当日。桐谷は、病室で一人荷物をまとめていた。

「そろそろ時間ですけど、何か手伝いましょうか？」

担当の看護師が病室に入ってきて、声をかけてきた。彼女はまだ若かったが、入院中もいろいろと細やかな気遣いをしてくれたありがたい存在だ。

「いいえ、もう終わります。今までお世話になりました」

「本当に大変でしたね。先生がお待ちです。準備ができたのでしたら、行きましょうか」

「はい」

退院前に担当医のところに向かい、怪我の経過について話を聞いた。運ばれてきた時は出血も多く、かなり危険な状態だったが、回復は早かったようだ。二、三日様子を見て何もなければ仕事に復帰していいと言われ、無理をしないようにという条件をつけられる。

担当医に礼を言ったあとロビーに行き、カードで支払いをしていると、担当の看護師に呼ばれる。

「桐谷さん。あちらでお迎えの方が待っていらっしゃいますよ」

「え……」

桐谷は、ロビーの隅にいる男の姿に目を留めた。

薄手のタートルネックにジャケット、スラックスというシンプルな格好だが、似合っている。他の患者の邪魔にならないよう、椅子には座らず壁際に立っていた。長身でスタイルのいい男は、桐谷の姿を見つけるなり、ゆっくりと歩いてくる。

杉原の姿を、桐谷は信じられない思いで見ていた。

「よ」

「……どうも」

入院中は一度も顔を合わせていなかったため、急に来られてもどんな顔をしていいかわからない。正直、逃げたかった。あんなに会いたいと思っていたのに、武井に対する侮辱的な言葉は、本心からではないと伝えたかったのに、いざこうして杉原を目の前にすると弁解の言葉も謝罪の言葉も出てこない。

気持ちを伝えることが、こんなに難しいことだっただろうかと不思議なくらいだ。

「送るよ。今日は休みを取ってきた」

「いえ……あの……」

「ほら、貸して」

荷物を奪われ、話を切り出すきっかけを摑めないまま、杉原のあとについて行った。タクシー乗り場に並んでいる間も、タクシーに乗り込んでマンションに向かっている間も、ずっと無言だった。

なぜ、迎えに来たのか。マンションまで送ってくれるのか。考えるが、わからない。杉原の腕には武井から貰ったという腕時計が、当然のようにつけられている。

それはまるで、この男の心がまだ武井にあると桐谷に釘を刺しているようだった。お前などが想いを寄せても、この男の心は手に入らないのだと、嗤われているようにすら感じる。

結局、なぜ杉原が親切にも送ってくれるのか、その答えが見つからないまま、とうとうマンションに到着する。タクシー代は杉原が強引に払ってしまい、荷物も一方的に運ばれ、部屋の前に来るまで黙って従ったが、さすがにこれ以上はと頭を下げて帰るよう促す。

「わざわざありがとうございました。荷物結構あったんで助かりました」

「鍵。開けて」

「え?」

「部屋の鍵だよ。どこに入ってるの?」

反論を許さない言い方に、桐谷は素直に鍵を開けた。部屋に入れるつもりはなかったのに、荷物を奥まで運ばれ、結果的に部屋に招いた形になる。

「あの、本当にありがとうございました。本当にもういいですから」

ここまでしてもらっておいてこんな言い方はないだろうと思うが、こう言う以外にどうすればいいかわからなかった。わからなくて、途方に暮れるだけだ。

そんな桐谷をどう思っているのか、杉原は帰ろうとはせずただじっと見下ろしてくる。ますますいたたまれない気持ちになった。

「なぁ、桐谷」

「……はい」

「なんでお前があんなこと言ったのか、考えてたんだ。女に騙された奴を嗤うような奴じゃないのに、なんであんな言い方をしたんだろうって」

胸が締めつけられた。苦しくてたまらない。

「本当は、理由があったんだろう?」

「買いかぶりすぎです。俺はもともとそういう奴ですから」

杉原の腕にあの時計があるのが嫌でも目に映り、無意識に眉をひそめた。好きな人がいるのに、なぜここまでして構うのだろうと思う。

「そんなことより、武井さんの傍についていてあげなくていいんですか？　せっかく休み取ったんなら、行けばいいじゃないですか」

またただ。

言いながら、自分の馬鹿さ加減に呆れた。

こんな言い方をすれば、ますます嫌われるだけなのに、なぜもっと違う言い方ができないのだろうと思う。しかし、あの時計を大事そうにしている杉原を見て、他にどう言えばいいというのだろう。

叶わぬ想いがあることなど、悟られてはいけない。そう頑なに思ってしまう。

「何言ってるんだ、お前」

「だってチャンスですよ。あの人は今とんでもない目に遭ってボロボロなんです。そんな時だからこそ傍についていてあげたほうがいいですよ。でないとまたどこかの女に持って行かれて、また見守るだけの存在になってしまいますよ。そんなことでいいんですか？　また同じ過ちを繰り返すんですか。学習能力がなさすぎです」

息を吸う間もなく、畳みかけるように言った。緊張と、自分の本心を隠そうとするあまり、べらべらしゃべってしまう。

「なぁ、桐谷」

「なんです？」

「お前って、自分の気持ちを隠そうとする時、一気にしゃべるよな。すごい早口」

言葉が出なかった。こうなると、憎まれ口さえ叩けなくなる。

「お前、俺のこと好きなの？」

「……っ！」

耳が熱くなった。

「な、何馬鹿なこと、言ってるんですか。俺とあなたはセックスフレンドです。それも過去のことですし、もう関係ないでしょう」

「俺は関係ないなんて思ってないよ」

目を細める杉原を見て、ますます平常心を保てなくなった。なんて表情をするのだろう。ただ優しいだけではなく、どこか意地悪で、それでいて魅力的だ。その瞳に、完全に心が囚われてしまう。これ以上好きになってはいけないのに、魅入られる。

「本当は俺のこと好きだったんだろ？」

「違います」

否定するが、杉原にはもう見抜かれていた。

「嘘だな。検察官相手に嘘が通じると思ってるのか？　なんなら取り調べてお前のこと全部ひん剝《む》いて裸にしてやろうか」

そっちがその気なら……、とばかりに、本気で挑もうとする男の色香にあてられ、目眩《めまい》を覚える。桐谷を見つめたままゆっくりと近づいてくる杉原は、危険な匂いがした。品性と優雅さと優しさで隠しているが、その実、鋭い爪と牙を持っている。育ちのいい、毛並みも抜群の獣は決して観賞用ではなく、油断すれば即襲いかかってくる生きた男だ。

後退りするが、すぐに壁際に追いつめられる。

「じゃあ、質問を変えようか。武井のことはどんなふうに思ってる？」

「何を急に」

「いいから」

視線を床に落とし、自分が知っている武井の姿を思い出す。

「優秀な……人だと、思います。あなたに、似てるって……同志みたいだって……考え、方とか……信念とか」

脳裏に浮かんだのは、杉原が起訴を保留にしていると知った武井が会いに来た時のことだ。杉原の意図をちゃんとわかっていて、心から応援していることを直接伝えるために、わざわざ出てきた。止めるどころか、焚きつけるようなことを言い、激励した。

あの時、思い知ったのだ。杉原がなぜ武井を好きになったのか、痛感した。当然だとも思った。完全な敗北を受け入れたのは、武井がそれだけの魅力ある男だったからだ。

「優しそうな人なのに……意志が強くて、あなたが惹かれるのも、わかります」

「じゃあ、自分のことはどう思う？」

「俺なんか……」

釣り合わないと言おうとして、口を噤《つぐ》んだ。これでは、好きだと告白しているようなものだ。誘導の上手さはさすがで憎らしいくらいだ。どんな嘘も通用しない。

「俺なんか……何？」

「いえ」

何を言っても墓穴を掘りそうで、それ以上言葉は出なかった。

「強情だな。だったら別の質問にしよう。お前の夜遊びについて聞かせてくれ」

「もうそんな話は……」

遮ろうとするが、杉原はやめない。

「どうやって一夜限りの相手を捜してたんだ？　二丁目でもネットでもって言ってたけど、具体的に教えてくれ」

検察官が被疑者の嘘を剝ぎ取るように、桐谷を追いつめようとしていた。

この杉原は、よく知っている。

被疑者を前に、執務室で何度も見てきたからわかるのだ。杉原に通用する嘘など、どこにもない。これまで見てきた被疑者たちと同じように、真実を白日の下に晒《さら》されるだろう。

「どこで相手を見つけた？　店の名前は？　場所は？　サイトのアドレスでもいい」

「それは……」

「遊び慣れてるんだろ？　だったらどこか一軒くらい覚えてるよな。二丁目のどこ？　店の名前を覚えてないなら場所でもいい。どの辺り？　店の外観は？　ネットは掲示板で捜したのか？　サイトのデザインは？　どうやって連絡を取ったんだ？　ハンドルネームは？」

「だから……あの……」

「嘘を言っても、あとで裏を取るよ」

深く俯《うつむ》いたままだが、じっと見下ろされているのがわかる。嘘を貫くことなどできそうにない。

「やっぱり、遊び慣れてるなんて嘘だね。どうしてそんなことを言ったんだ？」

「見栄を……張りました」

「ほらまた嘘」

緊張でコクリと唾《つば》を呑んだ。

「初めてだった？」

「え？」

「アナルセックス。俺が初めてだった？　遊び慣れてるどころか、したことなかったんだろ?」

口籠もった。無理だ。そんなことは、言えない。

「ほら、正直に答えなさい」

命令口調に、ますます追いつめられる。仕事の時は、被疑者に向けられるそれをよく聞くが、傍から聞いているのと自分が問いつめられるのとでは、まったく違う。追いつめられる側に立った時、杉原の本当の怖さ——魅力がどれほどのものか、見せつけられる。

「言って。アナルセックスは、俺が初めてだった?」

恥ずかしくて、目頭が熱くなった。何もそこまであからさまに言葉にしなくてもいいだろうと思うが、本気で全部白状させるつもりだ。中途半端なことをするつもりなどない。

「初めてだね?」

「……は、はい。……初めて、でした。あの……本当に、すみませんでした」

「どうして謝るんだ?」

「それは……あなたを、騙して……セックスしてもらったから」

もういい。勘弁してくれ。これ以上、自分を裸にしないでくれ——そう思うが、杉原は追及をやめようとはしない。意地悪な検察官の一面をこんな形で見せつけられるなんて、思ってもみなかった。

「そんなふうに考えるんだな、お前って」

言いながら、杉原は腕時計を外して座卓の上に置いた。ついそれを目で追うと、その反応をじっと観察されていることに気づいた。しまった……、と思うが、今さら遅い。

「お前、俺の腕時計を時々見てたから、単にこういうの欲しいんだとばかり思ってたよ。でも、違ったんだな」

そうだ。あの時計が欲しかったんじゃない。見ていたのは、杉原が好きな人から貰った時計を大事そうにしていたからだ。

「この時計、もうつけないよ。せっかくもらったけど、つけないって決めた」

「どうして……」

「今日これをつけてきたのは、お前の前で外そうと思ったからだ。そして二度とつけないって宣言しようと思って。武井に貰ったこの時計は、二度とつけない」

嚙み締めるような言い方に、本気だとわかる。

「俺が武井を好きだったから、言えなかったんだろう？　セックスフレンドでもいいって思うくらい、俺が好きだったんだ？　俺のことをずっと見てた」

「あの……」

「ほら、答えて」

杉原を見て、これ以上嘘を言っても無駄だと観念した。何を言っても、嘘を貫くことはできない。

「……はい。……杉原さんが……、ずっと……好きでした」

その言葉を口にしただけで、胸がいっぱいになった。ずっと言えなかった言葉だ。言ってはいけないと思っていた。けれども、杉原は嬉しそうな顔をしている。

「俺も好きだよ。お前が好きだ。敦哉」

「そんなはずありません」

「真っ向から否定するんだな」

「だって、そんなはずないでしょう。あんなこと言って、あんなふうに武井さんを侮辱して嗤うような俺が……っ、——っ！」

いきなり抱き締められ、身を固くする。どうしていいかわからず、そのまま自分の心音を聞いていた。驚くくらい、大きな音がしている。

「俺の心臓の音、わかる？」

「杉原さん……」

「どうして、気づかなかったんだろう。ごめんな。俺が鈍感で馬鹿だったから、お前がそんなに一途に俺を思ってたなんて気づかなくて。お前の初夜も簡単に奪って、ものすごく覚悟したんだろ？」

そうだ。ものすごい覚悟をした。覚悟なしには、言えないことだった。

「気づかなくてごめん。本当に、ごめん」

心の籠もった言い方だった。多くの言葉を並べられるより、胸に染み込んできて、あの時の気持ちが蘇《よみがえ》ってくる。

「俺、お前の気持ちに気づかなくてごめん。簡単に奪って、ごめん」

桐谷は、抱き締められたまま首を振った。騙したのは自分のほうだから、謝る必要などないと言いたかったが、上手く声にならない。

「慣れてるふりまでして、俺に抱いてもらおうって？　可愛いんだよ、この馬鹿。鉄仮面でいつもドS発言ばかりしてる事務官が、一途に俺を好きだったなんて、反則だ」

それは、告白だった。信じられないが、言葉だけでなく全身から伝わってくる。

「躰から始まった関係だから、信じて貰えないかもしれないけど、俺、いつの間にかお前のことが好きになってた。武井のこと忘れられたのだって、お前がいたからだ。躰だけじゃない。本当だ。お前のプライベートの顔を見るたびに、俺はわくわくしてたんだ。お前のこともっと知りたいって……。お前が好きだ。お前の悪態も冷たい態度もドS発言も、照れる顔も、俺に縋りついて泣いてる姿も、全部好きだ」

意地悪な検事の手練で桐谷の気持ちを暴いたあとは、誠実に自分の気持ちを口にして、桐谷の心を解こうとする。こんなふうに口説かれたら、どんなに自信がなくても、その言葉を信じられる。

「本当に、好きなんだ。失いたくない。俺の恋人になって、敦哉」

胸がいっぱいで、すぐに答えられなかった。それがわかっているのか、杉原はそれ以上何も言わず、ただ返事を待っている。

深呼吸し、震えそうになるのを堪え、なんとか言葉にする。

「……はい」

ようやく手に入れたことを実感するように、桐谷は杉原のことを抱き締め返した。


現実とは思えなかった。

杉原が、自分を好きになるだなんて、絶対にあり得ないと思っていた。だが、今自分に触れている手も吐息も、杉原のものだ。武井にあると思っていた心が、すべて自分に向けられているとわかる。

ベッドに追いつめられた桐谷は、にじり寄ってくる杉原を前に身構えていることしかできなかった。後ろは壁で、これ以上下がることはできない。

「敦哉」

名前を呼ばれただけで、心臓がドキドキした。微かに熱情を帯びた声が、桐谷の劣情を引き出していく。まだ理性は十分に残しているが、これからどうなるかはわからない。

伸びてきた手が膝の上に置かれ、たったそれだけでビクリとなる。杉原は、その反応を見逃さない。目を細めて笑い、さらに桐谷を追いつめようとする。

「やり直そう。お前の初めてを、簡単に奪ったから……、ちゃんとやり直そう」

「やり直そうって……」

「初めてのセックス。初めてお前と寝てるつもりで、大事に抱く。覚悟しろよ。初めての相手にするみたいに、優しくするから」

その言葉に、甘い期待を抱いてしまう自分が恥ずかしい。

「痛かっただろう？」

「……っ」

「初めての時、痛かったよな？」

杉原に触れられながら、あの夜のことを思い出した。

痛かった。死ぬほど痛かった。躰が裂けるかと思った。

でも、嬉しかった。

痛くて、でも嬉しくて、躰だけでもいいと思ってしまったのだ。偽りの行為でも、杉原に抱いてもらえるなら、それでいいと思った。それなのに、さらに欲しがってしまった。それ以上のものを、手に入れたいと思ってしまった。肉欲ではなく、セックスをしたことで見ることのできたプライベートの杉原に、気持ちがとまらなくなった。

「俺がお前の初めての男だなんて嬉しいけど、どんなふうに抱いたのか、細かいことは覚えてないんだ。思い出そうとしても、一部しか思い出せない。すごく、悔しい」

その言葉に、ぞくぞくと甘い戦慄《せんりつ》が背中まで這い上がっていった。スラックスの裾《すそ》から指を忍ばされ、くるぶしからふくらはぎを指でなぞられ、たくし上げられる。

「あの時の自分に、嫉妬《しっと》する。お前の初めてを、奪った俺に……嫉妬する」

杉原が滲《にじ》ませた感情は、静かだが熱を帯びていた。激情に駆られるのではなく、だが、ジリジリと燻《くすぶ》る火種のように熱く、杉原の心を掻《か》き乱している。

「だから、あの時の俺が今の俺に嫉妬するくらい、優しくするよ」

露《あら》わになった膝小僧にキスをされた瞬間、躰がビクンと跳ねた。

「──ぁ……っ！」

「こんなところも、感じるんだ？」

耳元で囁《ささや》かれた声に、欲情した男の色香を感じる。

さらに耳たぶを口に含まれ、身を固くした。杉原の息遣い。唇。舌。唾液《だえき》の濡れた音。すべてが、ダイレクトに注ぎ込まれ、理性はあっという間に崩壊しそうになる。

「ぁあ……あ……、……あの……っ」

これ以上後ろに下がることはできず、シーツを摑んで耐えるしかなかった。声を漏らすまいとするが、所詮《しょせん》無理な話だ。

舌の動きが手に取るようにわかるほど舐《な》め回され、唾液で濡らされて泣き言を漏らしてしまう。

「耳……っ、な、舐めないで、ください」

「なんで？ 俺、優しくない？」

優しくない。こんなに感じても待ってくれないなんて、意地悪だ。いや、違う。優しすぎて、気持ちよすぎて、どうにかなりそうなのだ。

「な、舐めないで……くだ、さ……ぁ、舐めな……で……ぁあぁ……っあ……」

ぞくぞくぞくっと甘く激しい旋律が、背中を駆け上がっていった。なぜこんなに感じてしまうのか。募らせてきた想いがそうさせるのか。全身が敏感になり、微かな衣擦れにすら反応してしまう。

「お前、可愛い」

「……っ、……男に、向かって……、何、が……っ」

「でも、本当だ。普段とのギャップに、興奮する」

頬に手を添えられ、唇を奪われる。

「うん……っ、んっ、……んぁ……、……んん、……んぅ、……ふ」

杉原のキスは、優しかった。舌を搦《から》め捕《と》られ、唇を愛撫するようについばまれ、次第に心が蕩《とろ》けていく。自分からも求めてしまい、ひとたびそうすると貪欲になるのを止められなかった。深く、心の奥まで探るような口づけに、息をあげながら自分からも求める。

「んぅ……、……ふ……ん、……ぁ……、ぁ……む、……んぅ」

膝の間に腰を入れるように、ゆっくりと押し倒され、自分がこれから晒すだろう姿に怯えながら従った。そろそろと、だが強引さも伴って、桐谷を暴いていこうとするのがわかる。

膝の内側を刺激されて、劣情に犯された。

幾度となく杉原を受け入れた躰は、その瞬間を思い出して激しく疼《うず》き始める。

もう自分の意志では、どうにもならない。

「うん、んぅ、……ふ、……んんっ、……ん……、……んぁ」

完全にキスに酔わされていた。蕩け、目に涙がたまり、甘く濃厚な蜜の味に酔い痴《し》れている。

目を開けると、そこには美しい獣がいた。

「あの……すみま……せ……」

「どうして、謝るんだ?」

「もう……知ってる、から……、……ぁ……」

「何を?」

「……覚えて、しまったから……こういう、こと……」

やり直そうと言ってくれたが、リセットすることはできない。杉原と何度も躰を重ねたから、これだけでも欲しがってしまうのだ。もう、何も知らなかった自分を杉原に差し出すことはできない。

そんな想いに駆られていると、杉原は困った顔をする。

「ごめん、単に初めてにこだわったんじゃないよ。言葉足らずで、またお前を傷つけそうだな。お前が男を喰いまくってたって、好きな気持ちは変わらない。俺は、お前の初夜を知ってる俺に、嫉妬してるだけだから」

「……っ」

「俺なのに、覚えてないから……だから、俺が初めて抱くみたいに、したいだけなんだ」

目が合い、心臓がトクンと鳴る。

「何？　初夜って言い方、そんなに照れくさかった？」

くす、と笑う杉原の魅力に、心が蕩けた。

「お前……本当に、俺が好きなんだな。……俺もだよ」

言いながらスラックスの前をくつろげられ、反射的にその手を摑んだ。一瞬動きは止まったが、杉原はイタズラな目をして口許を緩める。

「何？」

「何って……」

「見せて」

「……っ」

「お前を、全部見せて」

優しげに、だが、身の危険を大いに感じる言い方だった。美しい獣は、ゆっくりと、だが容赦なく理性を剝ぎ取っていくように、桐谷のスラックスを脱がせて捨てる。

「今日は、お前のこと……全部見てやる」

杉原はいったんベッドを降りて自分のジャケットを拾い、そのポケットを探った。中から取り出したのは、ジェルのチューブだ。それを手にした杉原は、イタズラっぽい流し目で桐谷を見下ろし、嬉しそうに笑う。

「今までつらい思いをさせたぶん、奉仕するよ」

杉原はタートルのシャツを脱ぎ、桐谷を見下ろしながらベルトを外してファスナーを下ろした。見せつけるように全裸になるその仕草が色っぽく、つい逃げ腰になるが、足首を摑まれて引き寄せられる。反射的に逃げようとして、すぐに後悔した。あっさりと押さえ込まれ、躰を『く』の字にしたまま、身動きを封じられてしまう。

「ぁ……っ、……待……っ」

「駄目、逃がさない」

「あ……」

桃の皮でも剝くように下着をずらされ、尻を剝き出しにされる。肌の上を滑る指は丘のカーブをなぞり、尻の谷間へと移動した。ジェルを塗った指が、蕾《つぼみ》を探り当てるとその冷たさに躰が小さく跳ねる。

躰を硬直させる桐谷を、杉原がじっと眺めているのがわかる。そうやって観察するように冷静に見ながら、手は確実に桐谷を暴いていくのだ。溺れまいとしても、この状況に追いつめられる。

「ぅ……っ、……っく」

蕾をほぐされ、さらに指を奥に挿入されて声をあげた。

「ぁ……っく！　……はっ、……ぁ……、ぅ……う」

杉原の視線を痛いほど感じる。自分だけ乱れている姿を見られるのは恥ずかしく、なぜそんなに見るのかと抗議の声をあげようと目を開け、言葉を飲んだ。

杉原の目許にも、明らかな紅潮が浮かんでいた。熱い眼差しは、桐谷に向けられる欲望の存在を思わされた。あんな顔をされて、嬉しくないはずがない。

「まず、ちゃんと慣らさないとな」

指を挿れたまま尻を摑まれ、やんわりと揉《も》まれる。いやらしい手つきだ。手の動きに合わせて蕾が疼き、杉原の指を締めつけてしまう。吸いつくようにヒクヒクと反応する自分が恥ずかしく、顔をシーツに埋めて必死で耐えた。

「ぅ……っく、……んっ、……ぁ……ああ……、……っ」

「そうだよな。やり慣れてる奴が、こんなに狭いわけがないもんな」

後ろを指で拡げながら、杉原は噛み締めるように言う。言葉にされると、より羞恥は増した。狭いだなんて、自分の状態を口にされてどう反応していいのかわからない。

「本当に、俺しか知らないんだな」

「……そ……です……」

「そうか。俺だけなんだ。あんなに大胆なことしといて、俺しか知らなかったんだ?」

目を細め、唇を耳元に寄せられる。

「嘘つき」

「——ぁ……っ!」

耳元で情熱的に囁かれ、後ろは杉原の指をさらに締めつけた。そうしてはいけないと思うほど、そこは本人の意志を裏切り、収縮する。

「この、大嘘つきめ」

尻を突き出すよう促され、うつ伏せになって従うとチューブの口をあてがわれ、中に直接絞り出される。ゼリー状のそれは柔らかく、中に留めておくのが難しい。

「ぁ……っく、ぁあ……、ぁ、ああ、ァア……ッ」

「ほら、まだ我慢して」

命令口調に、そうしなければいけないような気がして唇を噛んで耐えた。かなりの量を注入され、中が冷たくなるが、すぐにそれも体温に溶け込んだ。

(——嘘……っ、……嘘……っ)

信じられなかった。気を緩めると、中のジェルが流れ出そうだ。

「苦しい?」

「……へ、変な……、感じ……、ぁあ……、……っあ」

「まだ、出さないで。もっと拡げるから」

「んっ、んっ、んんっ!」

シーツに顔を埋めて声を殺し、零さないよう耐える。

尻が痙攣《けいれん》しそうだ。漏らしたら駄目だと思うが、杉原はやんわりと双丘を揉みほぐし、堪える桐谷をさらに追いつめようとする。こんなふうに意地悪に責め立てられるのは、初めてだ。

手加減しないと言ったのは、こういう意味だったのかとようやくその意図を理解し、意地悪な男の手に堕《お》ちていく。

「……待……っ、……そんな……、した、ら……、出そ……、……んぁ」

「漏らしたら駄目だ。ちゃんと中に溜《た》めておいて」

優しい言い方だが、これは命令だ。意地悪な要求だが従うしかなく、必死で堪えた。

「俺の色に染める。全部、お前を俺で満たしてやる」

「ぁ……、……ふ……っく、……ん……っ」

「気持ちいい？」

「ッん、……んぅ、ッあ、ぁあ……ッ、……あっ！」

ジェルが溢れたのがわかった。それは太股の内側を伝って流れ落ち、膝まで伝う。

「溢れてる」

「み、見ないで……くだ、さ……、……あっ！」

「ほらまた溢れた。ダラダラ垂らして……駄目じゃないか」

漏らすなと言われているのに、次々と溢れさせてしまい、あまりの恥ずかしさに耳まで赤くなる。これ以上焦らされたら、どうにかなってしまう。

「もう限界？」

聞かれ、言葉にできず何度も頷く。

「じゃあ、ねだって、どうして欲しいか、言葉にしてくれ。お前の望み通りにするから」

振り返って恨めしげに杉原を見るが、そんなことをしても無駄だ。

優しくて、意地悪な男に、服従する。

「早く……、……早く、……くだ、さ……い……、……はや、く……」

「イイ子だね」

あてがわれ、息をつめた。欲しいのに、そこは侵入してくるものを拒んでいる。

「まだ、狭いな」

「ぁ……っく、……っくぅ……、……ふ」

「すごく……狭、い……、……っく、もうちょっと、力抜いて」

「うん……っく、……は……っ、……ぁ……あ……あ！」

「そう、上手だね、もっと力抜いて……そう」

先端をねじ込まれ、浅いところで何度か出し入れされた。そして、半ば強引に根元まで収められる。

「う……、……あ、ぁ、——あ……ッあぁあ……ッ！」

息を吐くことができず、中を満たすものの質量に啼いた。杉原の形に押し広げられていると思うと、苦痛すら悦びに変わる。

「入ったよ」

「はぁっ！　あ！　……も……、杉原さ……っ、……も……っ」

「……敦哉の、中に……入ってるん……だな」

「っあ！　んっ、……はぁ……っ」

「お前の中に……、俺が……入ってる」

縋りつくものが欲しくてシーツを摑むと、その手に杉原の手が重ねられた。長い指が自分のそれに絡みつくのを眺めながら、やんわりと前後に揺すられる。

深く、浅く、交互に突かれ、啜り泣いた。指の間まで感じてしまい、強く手を握り返す。

「……んあぁ、……はっ、……ぁあ……ぁああ……ッ」

「好きだよ、敦哉、……っく、……好きだ」

「あぁぁッ……あぁ……、……っああ……」

「泣くほど気持ちいい？」

「は……、んぁ、ア……ッ、……ん……」

「俺は……すごく、……気持ちいい」

「……っく、んぁ、んぁ、んぁあ……」

「気持ちいいのは、……お前が……、好きだから、だよ」

誤解を招かないよう、気をつけているのがわかる。言葉だけでなく、躰でも。一方的に腰を使うのではなく、ちゃんと反応を見て、自分を抑えているのがわかる。

その気持ちが嬉しくて、快感に呑み込まれた。

「あ、あっ、は、あ、あ」

「出そう？」

「出そ……、……でそ……っ、……杉原さ……、もう……っ」

「俺もだ」

少し余裕を欠いた杉原の声がしたかと思うと、繋がった部分を指でなぞられ、尻を抱えられる。そして、繋がったまま躰を反転させられた。自分の中の杉原が回転する感覚に眉をひそめ

る。なんともいえない感覚だ。

「ぁ……、あ、……ひ……っ、……ぅう……っく！」

両膝を抱えられ、尻を揉むようにしてより深く呑み込まされた。躰を小さく折りたたまれ、深いところを何度も突き上げられる。

「うん、んぁ……、あっ、んぅ……、んっ、んっ、んぅっ！」

唇を塞がれ、口内を蹂躙《じゅうりん》されながら後ろも犯される。

杉原の口からも獣じみた息遣いが漏れ、自分を貪り喰う男の色香に溺れた。理性を失いつつある杉原は、今までみたどんな杉原より色っぽかった。

「好きだよ、敦哉……」

「杉原、さ……、……っく、……ぁ……っ」

「……好きだ、……っく、愛してる……、お前、だけだよ、……お前、だけだ……」

「んぁ……っ、……んぁあっ、……ぁ……、も……」

「どうして、欲しい？」

「……っく、……ぁ、……中……に……、……出して……、くださ……っ」

「いいよ、……お前が……いいなら、……お前の、中に……っ」

「……汚して……っ、……ぁあ、……汚して……っ」

その求めに応じるように、杉原は腰を叩きつけるように激しく打ちつけてきた。ベッドが軋む。ギ、ギ、ギ、とリズミカルに流れ込んでくる音に犯されながら、自分を高みへと突き上げるものに身を任せた。

「あ、もう、も……っ、ぁあっ、あっ、あー……あぁぁッぁあ……あぁーっ！」

尻を痙攣させながら、桐谷は白濁を放った。それに触発されたのか、杉原も小さく呻《うめ》いて中で爆《は》ぜる。激しく痙攣しながら自分の中を濡らす杉原を奥に感じ、その背中に腕を回して抱き締めた。広い背中だ。お互いを抱き締めたまま最後の一滴まで放つと、脱力し、体重を預けてくる杉原を受け止める。

「んっ、……はぁ……っ、……はぁ……、……はぁ」

自分の心臓がうるさく鳴っていた。それを聞きながら、杉原の重みを味わう。それは心地好く、いつまでもこうしていたいと思った。


男二人で寝るには、シングルベッドは狭かった。

桐谷はそう痛感していた。どう寝ようとも、躰が密着してしまう。密着しなければ、二人で寝ることなどできない。

「ごめん、やりすぎた」

「いえ……」

桐谷は、蓑虫《みのむし》のように毛布にくるまったまま、杉原に背中を向けていた。顔を見られたくなくて頑なにその姿勢を保っているが、杉原は毛布の上から、両手両脚でがっしりと抱きついてくる。これでは、自由に動くことはできない。拘束されているのと同じだ。毛布にくるまったのは間違いだったかと思うが、他に方法がなかったのも事実だ。

「怪我のこと、忘れてたよ。お前をどう落とそうかってことばかり考えてた」

「今さらですか。思い出すの遅すぎます」

恥ずかしさを紛らわせるために冷たく言うが、墓穴を掘ったようだ。

「そのドS発言が出るなら大丈夫だな。だけどお前、反則だぞ。『汚して』だって?」

ぽつりと、耳元で言われた。顔に火がついたようになり、さらに身を縮こまらせる。

「黙ってください」

「『汚して』って……興奮した」

「いいからその口を閉じていてください」

「何照れてるんだよ。お前が言ったんだぞ」

「うるさいです」

「お前にあんなこと言われたら、理性なんて保てないよ」

幸せいっぱいというような声に、とうとう反論の言葉は出なくなる。あんなことを口走ったことを後悔するが、今さらそんなことをしても遅い。心の奥底から出た本音なのは、確かだ。自分の知らなかった自分すらも引きずり出してしまう杉原が憎らしいが、これほど人を好きになれたことは、純粋に嬉しかった。

「好きだよ、敦哉」

「わかりました」

「大好きだ」

「わかりましたから、もう言わなくていいです」

「なんで？　言いたいんだよ」

「十分聞きました」

「言い足りない。こんなんじゃ全然足りない」

こんなふうに甘く囁く人だったのかと、次々と注がれる愛の告白にただただ耐えるばかりだ。顔が熱くて、爆発寸前だ。

しばらく甘い言葉を注がれていたが、不意に改まった口調で言われる。

「なぁ、桐谷」

「……はい」

「お前って誤解されやすいタイプだって言ったの、覚えてるか？　誤解されても言い訳しないって。南検事《みなみ》に資料を持って行かれた時のこと話したよな」

覚えている。そういう潔さは好きだと言ってくれた。黙ってると損するとも……。

なぜ、今そんな話をするのか——。

まだ、ちゃんと弁解していないからだ。弁解なんてする資格はないと思ったこともあったが、今は違う。誤解させられた杉原の気持ちを考えると、きちんと説明すべきなのだと今は思う。

「このまま、聞いてもらえますか?」

背中から抱き締められたまま、軽く息を吸った。指を絡ませてくる杉原に、言う勇気を与えられて真実を打ち明ける。

「本当は、何度も言おうと思ってました。何度も……言わなきゃって。でも、真実が明らかになって武井さんが傷ついたら、あなたにチャンスが来るかもって思って……」

「あいつはノンケだよ」

「そうですね。でもあなたは下心なくても、全力で傷ついたあの人を慰めるだろうって……俺とのことなんか忘れてしまうくらい、あの人のことで頭がいっぱいになるだろうって思ったら、ずるい人間のままでいいから黙っていたほうがいいって」

「そっか」

「そっかって、それだけですか?」

「どうして?」

「だって……俺は自分に都合が悪いから、言わなかったんですよ。打算的な醜い考えから、黙ってたんです」

「それだけ俺のことが好きだってことだろ？」

あんなに悩んだのに、簡単に言ってくれる。けれども、その言い方に救われたのも事実だ。自分でも嫌悪していた自分を、そんなふうにあっさりと受け入れてくれるのだ。

「う、自惚《うぬぼ》れないでください」

「自惚れるよ。お前に、そんなふうに思ってもらえるなんて、自惚れる。今まで、本当にごめんな」

振り返ろうとして、強く抱き締められる。耳元に顔を埋められるが、性的な触れ合いではないとすぐにわかった。何か言おうとしているのが伝わってきて、今度は杉原が告白する番なのだと思い、それをじっと待つ。

「死ぬほど後悔したんだ。お前を失うかと思った。武井のことで問いつめて、お前が帰ったあと、いろいろ考えた。電話に出られなかったのも、そのせいだ。冷静になって考えたら、いろいろ見えてきて……自分の気持ちとか、お前がなんであんなふうに言ったのかとか」

「杉原さん……」

「冷静になれなかったのは、お前だからだ。好きな奴が絡むと、俺は何も見えなくなるみたいだ」

好きな奴が——少し前までは武井のことだったのに、今は自分のことを指しているのかと思うと、胸がいっぱいになる。絶対に手に入ることなどないと思っていた。

「店の外から刺されたお前を見た時、心臓が止まるかと思ったよ」

言われて、その時のことを思い出す。床に倒れた時、ガラスに両手をついて必死で訴える杉原を見た。あれは、桐谷の名前を呼んでいたのだ。

「運ばれるお前を見ながら、神様に祈ったよ。俺から取り上げないでくれって、何度も祈った。俺が馬鹿で、お前の気持ちに気づかないで、自分の気持ちにすら気づかないであんなふうに責めたから、神様が俺から大事なものを奪おうとしたような気がした。普段は神様なんて信じてないのにな。病室でお前の姿を見た時は、神様に感謝したよ」

軽く笑うように言う杉原に、桐谷は病室で意識を取り戻した時のことを思い出した。

「あの……俺の手……握りました？」

「うん。握ったよ。手術が終わったあと、もう大丈夫だって聞いて安心したんだ。お前、俺に謝ってた。ごめんなさいって言ったろ？」

「覚えてます。ぼんやりとだけど」

あの時、後悔と深い反省が感じられた。あれは、自分の作り出したものではなく、本物の杉原だったのだ。あの安堵と心地よさは、現実のものだった。

「へっくし！」

色気のないくしゃみに杉原を振り返ると、ぶるっと躰を震わせながら鼻を赤くしていた。

杉原は全裸で、自分だけがぬくぬくと毛布にくるまっている。恥ずかしさからそうしたことだが、さすがにこのままでは風邪をひいてしまう。

目が合うと、杉原は甘えたように言った。

「入れて」

桐谷は躰を反転させ、おずおずと握りしめていた毛布を広げた。すると、腕の中に入ってくる。杉原の躰を毛布で包み、大きな躰を抱き締めた。少し冷たくなっている。

「汗掻いたから、冷えた」

「早く言ってください。風邪ひきますよ」

「いいよ、今からお前にあったためてもらうから」

甘えるように腕の中に顔を埋めてくる杉原の頭に、頬を寄せた。毛並みの美しい大型の獣を抱いているようだ。

「桐谷。好きだよ」

優しく言われ、杉原を抱く腕にぎゅっと力を籠める。

「俺も……です。俺も……杉原さんが、好きです」

「うん。知ってる。ありがとうな。俺みたいなどうしようもない奴を好きになってくれて、ありがとう」

杉原ほどの男が言う台詞ではないと思ったが、それが本心であることも伝わってきた。それが嬉しくて、満たされる。本当にこんなことが起きるなんて信じられないが、杉原を抱いていると少しずつ現実だと思えてくる。

「俺も……ありがとうございます。こんな……」

「ドSな俺を好きになってくれて？」

その言い方がおかしく、思わず笑った。

「あなたのそういうところも、全部、好きです」

何度言っても足りず、二人は何度も自分の想いを口にした。これまで言えなかったぶんを取り戻すかのようだ。満たされた想いとともに、再びまどろみに包まれる。

そんな幸せを感じながら、お互いの体温で少しずつ暖まっていくと、桐谷は降りてくる睡魔に身を委《ゆだ》ねた。

仕事に復帰してから、再び多忙な日々が始まった。

執務室で、桐谷は目の前の男たちを見ていた。左側には優秀な検察官、右側には被疑者がいる。被疑者はサーファーふうの男で、茶髪と日焼けした肌が特徴の男性だ。

年齢は三十五で妻も子供もいるが、家庭的な匂いは一切しない。浮気相手に対する暴行の罪で送検されてきたが、本人は正当防衛だという主張を続けている。

「それで、あなたは彼女が先に手を出したと」

「ああ、そうだよ。あいつが刃物を持ち出したんだ。身を守るのは当然だろう。恐くてちょっとやりすぎただけだ。俺チキンだし」

「でも、彼女はマンションの階段を転げ落ちたんですよ」

「だから、追いかけてきたあいつが俺に掴みかかってきたんだよ。目撃者がいりゃ俺の無実は証明されたんだけどな。不運だ」

杉原は、いったん質問をやめて軽く息をついた。

目撃者がいないのは、大きい。それは被疑者もわかっている。けれども、その程度のことで諦める杉原ではない。

「ところで、指輪の跡がないですね。それだけ日焼けしてて、跡がないってことはいつも外してるってことですよね。違いますか」

「海では外してるんだよ。無くさねぇように」

「でも、彼女と出会ったのは海ですよね？　指輪をつけてないのに、どうしてあなたが妻子持ちだと彼女は最初からわかってたんです？　そういう話でしたよね」

「それは……外してる時は、首から提げてるんだよ。ネックレスがあんだろ」

「逮捕時はなぜ身につけていなかったんです？」

「たまたまだ」

「鎖はどんな形状です？　ブランドもの？　確かお小遣いが少なくて、浮気する余裕なんてないっておっしゃってましたよね」

「ああ。だから安モンだよ。ブランドものなんて買えるわけねぇだろ」

「じゃあ、鎖は簡単に切れそうですね。切れたら指輪無くしますよね。海で。指につけたままのほうが無くさないいんじゃないですか？」

結婚指輪一つから、次々と切り込んでいくさまは、見ていて爽快《そうかい》ですらあった。

「ゆ、指輪くらいでなんだ」

「供述内容の一貫性を見てるんですよ」

被疑者は、とうとう黙秘を決め込んだ。おそらく今日はこれ以上何も出てこない。だが、明日はまた違った展開が見られるだろう。

取り調べが終わると、杉原は腕時計で時間を確認した。桐谷が自分で選んでプレゼントしたものだ。桐谷の右腕には、杉原から貰った時計がある。

杉原と恋人同士になれたなんていまだに信じられない桐谷だが、そのわずかな重みが現実だと時々教えてくれる。

「午前中はこれで終わりか。お腹空いたね」

「今日は絶好調ですね」

「まぁね。明日、初公判だから今日は早く仕事切り上げたいし」

桐谷は視線だけ上げて、杉原を見た。目を細めて笑うその表情に心臓がうるさく鳴る。

太田が起こした立て籠もり事件や強姦未遂事件は公判部の検事に引き継がれ、明日、初公判が行われることになっている。立て籠もり事件の被害者である桐谷も、証人として出廷することになっていた。これまで検察官とともに多くの事件を扱い、数え切れない数の被疑者を起訴してきたが、事件の関係者として呼ばれるなんて初めてのことだ。

「そんなふうに気を遣ってもらわなくても……」

「裁判、がんばってね」

「大丈夫ですよ。あなたが取り調べたんです。抜かりはないでしょう?」

実際裁判に出て尋問などを行うのは公判部の検察官だが、杉原の仕事ぶりを見ていれば、何も心配することなどないと構えていられる。桐谷の聴取は別の検察官が行ったが、この事件はほとんど杉原が手をつけている。

「へぇ、そんなふうに信頼してくれてるなんて、嬉しいよ」

目を細めて笑う杉原を見て、言うんじゃなかった……、と後悔した。どんなに隠そうとしても、ちょっとした言葉に杉原への想いが出てしまう。

「何照れてるの?」

「別に照れてないです。昼、どこで食べます?」

「素直じゃないなぁ。お前のそういうところ可愛いけど、たまには褒めて欲しいな。優秀な事務官に。そしたら、俺もモチベーションももっと上がると思うんだけどなぁ」

「女房に尻を叩かれないと働けないダメ夫みたいですよ」

「どうしてそうなるんですか。なんだよ、俺のことそんなに好きなのか」

「だってダメな俺を支えたい女房候補ですなんて言われたら……」

「そんなこと言ってません。これっぽっちも言ってません」

相変わらず前向きで逞《たくま》しい杉原に翻弄《ほんろう》されながら、チラリと杉原を盗み見る。口許をゆるめるその表情は相変わらず魅力的で、何も言えない。

心臓が小さく鳴るのを感じながら、ふと数日前のことを思い出した。

吹田の兄と名乗る男が来たのは、午後三時過ぎくらいだ。

吹田は、今回のことでいくつかの窃盗罪が判明したため、再び服役することとなった。再犯であることなどから執行猶予はつかなかったが、実の兄が面会に行った帰りに、弟の無実を証明した検察官に会いにここに来たのだ。そして、兄である自分ですら信じなかった弟の無実を信じた杉原に、兄として礼を言った。

昔から悪いことを繰り返してきた吹田は、家族や親戚の誰も信用しようとはせず、見捨てていたのだという。やってもいない罪を認める冤罪被害者には、よくあることだ。

弟に絶望を植えつけた自分を反省した吹田の兄に、杉原はこう言った。

『真実を明らかにするのが仕事ですから。それに、他人だからこそ冷静に見られることもあります。ご家族にはご家族の関係もありますし、それによって湧いてくる感情もあるでしょう。ご自分を責めることはありません。これから、いくらでも関係を修復できます』

あの杉原の言葉を聞いた吹田の兄の表情は、忘れない。もう六十近いだろう男が、杉原の言葉に涙をためたのだ。心に染みる言葉だった。

あの男には、もっと染みただろう。

「ん？　どうかしたのか？」

「あなたが救ったんです。吹田の人生を。吹田のお兄さんの人生も」

桐谷は、嚙み締めるように言った。褒めて欲しいと甘えられたから褒めたわけではないが、結局、口から出たのはそんな言葉でしかなかった。

黙って嬉しそうな顔をする杉原に、顔が熱くなってきて目を逸らす。

「ほら、褒めてあげたんだから、仕事がんばってください。午後からもやることはたくさんあるんですから、しっかり食べて備えましょう」

「がんばりますよ、事務官。お前が傍にいてくれるから、頑張れる」

決意を感じる言い方に桐谷も嬉しくなり、どこまでもついていこうと決心した。

あとがき

何度同じことを書くのだ、しつこいぞ、とお叱りを受けると思いますが、書きます。書かせて頂きます！

毎度やってきました苦手なあとがきの時間です。

今回は検察官と事務官のお話でございます。実は、もう何年も前に検察官モノを書いた時に出てきたネタで、杉原《すぎはら》と桐谷《きりたに》はずっと温めていたキャラたちなのです。中原一也《なかはらかずや》です。

やっと世に出すことができて、本当に嬉しいです。

クールな事務官が王子様系検察官に密かな恋心を抱いている話が書きたかったんです。

えー……、それでですよ。何を書けばいいのかわかりません。

面白かったらいいな、とか売れるといいな、とか希望はあるんですが。

あ、そうそう。素直になれない事務官受と王子様攻の会話を書くのが楽しかったです。やっぱり書くのが好きなんだなと、小説を書きながらよく思います。

自分が面白いと思うくらい、読む人も面白いといいのですが、これがなかなか……。

小説を書くことが好きです。言葉でいろいろなものを表現することが大好きです。

ただ、思うような結果が出なくて読む人を満足させられなかった悔しさとか情けなさとか不甲斐なさとか、自分はどうしてこんなに才能がないんだろうとか、仕事にしたことでつらさになることも多いです。

あ。でも仕事じゃなくても、読む人を楽しませられなかったら、感じる悔しさなどは同じだと思うので……なんでしょう。多分、仕事にしたことで評価や売り上げという形で目の前にはっきりとした現実を突きつけられるので、不甲斐なく思うことも多いんだと。

でも、プロになっていなければ出会えなかった読者さんたちも大勢いて、嬉しい言葉を頂くこともあります。私が書いたものを読んで元気が出たという内容の言葉を頂いた時は、目頭が熱くなることも……。元気を貰ったと言われますが、こちらが貰っているのですよ。

つらいことも多ければ、嬉しいことも多い。

この仕事に就くことができて、本当によかったです。これからもBL作家で居続けられるように、がんばりたいと思います。

最後に、イラストを描いてくださった水名瀬《みなせ》雅良《まさら》先生。素敵なスーツの男たちをありがとうございました。アダルトな色気がたっぷりでした。

それから担当様。ご指導ありがとうございました。これからもよろしくお願いします。

そして読者様。最後まで読んで頂きありがとうございます。楽しんで頂けましたでしょうか？　お気に召しましたら、また私の本を手に取ってくださいませ。

中原　一也

この本を読んでのご意見、ご感想を編集部までお寄せください。
《あて先》〒105-8055 東京都港区芝大門2-2-1 徳間書店 キャラ編集部気付
「検事が堕ちた恋の罠を立件する」係

■初出一覧
検事が堕ちた恋の罠を立件する……書き下ろし

検事が堕ちた恋の罠を立件する

【キャラ文庫】

2015年1月31日 初刷

著者 中原一也
発行者 川田 修
発行所 株式会社徳間書店
〒105-8055 東京都港区芝大門2-2-1
電話 048-451-5960（販売部）
03-5403-4348（編集部）
振替 00140-0-44392

印刷・製本 図書印刷株式会社
カバー・口絵 近代美術株式会社
デザイン 百足屋ユウコ＋松澤のどか（ムシカゴグラフィクス）

ISBN978-4-19-900783-5